Evelyne Brisou-Pellen
L'HERBE
DU DIABLE

Illustrations
de Nicolas Wintz

Gallimard Jeunesse

Pour Michel et Marie-Françoise

*Remerciements à Roberte Lentsch
et Jean-Paul Trinquier pour le palais des papes,
Marie-Christine Marco pour Roquemaure*

1
Un coup du sort

On était dans les derniers jours de décembre 1356. Quel jour ? Garin aurait bien été incapable de le dire. En tout cas, il faisait un froid de loup. Le vent, surtout, était insupportable. Il profitait de la large vallée taillée dans les montagnes pour prendre de la vitesse et balayait le Rhône de son haleine glacée. Même en se rencognant entre les sacs de blé, au fond du bateau, on n'arrivait pas à échapper à sa morsure. Les rives étaient blanches de givre et le château, là-haut, qui surveillait à la fois le fleuve et le port de Roquemaure, semblait transi.

Quand le bateau s'immobilisa le long de la rive, Garin enfonça son chapeau et pinça son capuchon sous son menton avant de se relever. Parce que, une fois à la verticale, son humble personne – pourtant pas plus grasse qu'un cure-dent – offrait trop de prise à ce satané vent. Il cacha ses mains sous ses aisselles. Crédiou, et dire qu'il venait de se ruiner pour payer le bateau et qu'il n'avait même plus les moyens de s'offrir un repas chaud à l'auberge !

D'un autre côté, il avait bien fallu traverser le fleuve, et la nage lui avait paru inadaptée. Mourir noyé ou pétrifié par l'eau glacée à l'âge modeste (et approximatif) de quatorze ans le tentait modérément, surtout quand une vie pleine de splendeur s'ouvrait à lui.

Pour la splendeur, on verrait plus tard. L'urgent était de trouver de quoi manger. Son dernier travail (qui remontait à l'avant-veille) avait été de mettre à jour un registre de la cathédrale de Saint-Paul-Trois-Châteaux. Le registre des décès. Pas enthousiasmant. Avec quelques pièces en poche, il avait alors pris le bateau pour passer sur l'autre rive du Rhône, et il avait trouvé ce moyen de transport tellement pratique qu'il avait continué à descendre le fleuve jusqu'à épuisement de ses deniers. Et l'épuisement, c'était Roquemaure.

En réalité, il ne regrettait pas de débarquer. Le bateau commençait à prendre l'eau et finirait probablement son existence en bois de chauffage dès son arrivée à Arles, s'il ne sombrait pas avant.

Le port de Roquemaure était encombré de fûts de vin et de sacs de sel, qu'on était en train de charger sur des chalands. Ceux-ci remonteraient certainement le fleuve, puisque des hommes endossaient déjà leur harnachement de trait pour les haler. Sale métier.

Garin regarda vers la ville. Les remparts à demi écroulés ne la protégeaient plus, et elle était ouverte à tous les vents. Brrr...

Le château, en revanche, dressait des tours solides et possédait sûrement des cuisines bien chauffées, où il pourrait présenter ses pauvres doigts de pied gelés au feu.

Oui, le château le tentait davantage. Il y trouverait un petit travail. Un seigneur digne de ce nom avait toujours peu ou prou besoin d'un scribe, et, dans le cas contraire,

Garin se sentait parfaitement capable de l'en convaincre : ses comptes n'étaient pas à jour, un inventaire de ses biens s'avérait indispensable, sa fille souhaitait avoir la copie d'une chanson, la cuisinière devait noter une recette... Scribe affamé n'est jamais à court d'arguments.

Un moment, il suivit des yeux un radeau de troncs qui descendait le courant, mené par deux convoyeurs – l'un à la perche, l'autre au gouvernail. Encore un dur métier, qui ne l'inspirait guère : le moindre remous inattendu vous jetait dans l'eau glacée, et c'était la mort assurée.

Finalement, la profession de scribe avait ses avantages, et il allait en profiter de ce pas. Il adressa un clin d'œil amical au château.

Il longeait un bras du fleuve lorsqu'il entendit derrière lui le pas d'un cheval. S'il y prêta attention, c'est parce que la rue était déserte ; le vent glacé décourageait le badaud et refoulait le voyageur. Par peur que l'air n'en profite pour se glisser par traîtrise dans son cou, il ne se retourna pourtant pas. Déjà, il arrivait au petit pont qui franchissait le bras d'eau pour monter au château. Bizarre que le cheval ne l'ait pas encore doublé... S'agissait-il d'une vieille carne épuisée, ou d'un animal portant un chargement précieux ?

« Précieux » le laissa songeur, et il finit par tourner la tête.

Le cheval, blanc, était superbe. Le cavalier beaucoup moins. Affalé sur l'encolure, le bras ballottant sur le flanc de sa monture, il ne paraissait pas à son avantage. Garin s'arrêta. Au moment où le cheval arrivait à sa hauteur, le cavalier glissa carrément de la selle et atterrit sur le sol gelé. En voilà un qui n'avait sûrement pas bu que de l'eau bénite ! Il ne tentait même pas de se redresser.

Garin se pencha.

– Ça ne va pas ?

L'homme leva les yeux vers lui, son corps se crispa, sa bouche se tordit sous l'effort et il balbutia quelque chose d'incompréhensible. Garin tenta de l'aider à se relever, mais l'homme, au lieu de faire un effort, l'attrapa par le devant de son manteau et chuchota :

– Ne t'occupe pas de moi, nous n'avons pas de temps à perdre. Ne les laisse pas approcher.

Il semblait plutôt âgé et mal en point. Sans doute avait-il peur de ces bêtes affreuses qui hantent l'imagination des ivrognes (Garin les connaissait par ouï-dire : son père en voyait souvent).

– Il n'y a rien d'inquiétant aux alentours, rassura-t-il.

– Il ne sera pas dit, souffla alors l'autre en agrippant la boîte accrochée à sa ceinture, que Galopin de Taragne n'aura pas mené à bien sa mission. Il faut... protéger ceci, il faut l'acheminer. Tu vas le faire.

– Moi ? Vous voul...

– Prends le cheval.

Garin jeta un coup d'œil à l'animal. Il n'avait jamais eu les moyens de posséder une monture et manquait d'expérience. Il ne tiendrait sûrement pas longtemps sur le dos d'une bête alerte et qui paraissait en pleine santé.

– On va plutôt chercher un abri, proposa-t-il. Vous pourrez dégriser tranquillement et reprendre vos esprits.

– Il est trop tard. Je t'en supplie, charge-toi de ma boîte. C'est très important.

Garin se retint de faire remarquer que, lorsqu'on a une mission à accomplir, on évite de se mettre dans des états

11

pareils. Crédiou, c'était bien sa veine ! Lui qui avait des projets si confortables pour cette rude journée d'hiver !

– Où devrais-je aller ? soupira-t-il en faisant mentalement une croix à la fois sur les solides tours du château, le bienheureux frémissement de ses doigts de pied devant les flammes, et sa tranquillité.

D'une main tremblante, le vieil homme déboucla son ceinturon et le lui tendit. La boîte qui y pendait, émaillée de blanc, était ornée d'un blason surmonté de deux grosses clés croisées. C'est alors que Garin réalisa plusieurs choses en même temps : cette boîte en forme d'écusson était celle des messagers, l'homme ne sentait pas le vin et, de plus, le serment des chevaucheurs lui interdisait de s'enivrer. Ce malheureux était simplement très malade.

– Va chez lui, insista l'homme en tapant de son index sur la boîte, et remets-lui le message... En main propre... À personne d'autre, tu entends ? Personne ! Même si on te l'ordonne. Jure ! Jure... (Il releva la tête dans un dernier effort.) Dis que c'est le messager de messe... pour... pour la bulle d'or.

Il retomba sur le sol, sa tête bascula sur le côté, ses yeux se figèrent. Il était mort.

Saisi, Garin fixa un instant son visage livide. D'un geste mal assuré, il lui ferma les yeux et traça sur son corps un signe de croix. Ses pensées se bousculaient sans qu'il arrive à les ordonner. Il se releva, boucla le ceinturon à sa taille, lentement, pour se donner le temps de réfléchir. Cependant il ne réfléchit à rien. Malgré l'angoissante certitude que, si on l'apercevait, on pouvait l'accuser de vol, voire de meurtre, il suspendit son écritoire et sa besace au pommeau de la selle, glissa son pied dans l'étrier et se hissa sur le dos de l'animal. Personne ne s'était encore montré

Il eut à peine le temps de saisir les rênes que le cheval prit le trot, puis le galop, ne lui laissant que le choix de s'agripper à sa crinière. Il n'osa plus tourner la tête pour voir s'il y avait des témoins ; déjà, ils filaient le long du fleuve. Si Garin ignorait où il devait aller, le cheval, lui, semblait le savoir.

Un grand moment, crispé, il attendit les cris horrifiés qui ne manquaient pas de résonner derrière lui. Rien ne se produisit. Le vent continuait bravement à calfeutrer les gens chez eux et le cheval ne semblait pas caresser l'infâme projet de le vider de ses étriers. Il se permit alors une courte prière pour qu'on ne découvre pas trop tôt le corps du chevaucheur. Il aurait volontiers porté son pouce à son oreille pour faire le signe de protection qui lui réussissait assez bien d'ordinaire, mais il ne se voyait pas lâcher la crinière. Aussi, il murmura rapidement :

– Saint Garin, pas de blague, hein ? Vous voyez que je rends service, alors donnez-moi un coup de main, au moins pour m'épargner les catastrophes.

Rendre service, c'était vite dit. Quel service, au juste ?

Bulle d'or, messager de messe... Il aurait bien voulu comprendre ce qui l'avait propulsé ainsi sur un cheval, avec une boîte à la ceinture, mais *corps qui rebondit sur la selle ne peut se concentrer*. Vieux proverbe tartare traduit du danois par saint Garin. Que transportait-il dans cette boîte ? De l'or ? Du coup il sentit son angoisse décupler. Ce n'était pas le moment de tomber sur des brigands !

Au bout d'une lieue, il jugea qu'il s'était suffisamment éloigné de Roquemaure et tira sur les rênes. Le cheval eut la gentillesse de s'arrêter.

– C'est bien, je te revaudrai ça, approuva-t-il.

Il se laissa glisser à terre et se massa les reins. Il faudrait qu'il comprenne le mode d'emploi de ce genre de transport. Les cavaliers qu'il voyait passer sur les routes n'avaient pas l'air, comme lui, d'un bouchon flottant sur une marmite qui bout.

« Bulle d'or », « messager de messe »... Il ouvrit prudemment la boîte émaillée. Aucune trace d'or, ni sous forme de balle, ni sous aucune autre forme. Il n'y avait là qu'une image de saint Christophe, protecteur des voyageurs, et deux parchemins – l'un enroulé et fermé par un cachet de cire, l'autre simplement plié en deux. Il ouvrit ce dernier. Il y était écrit : « Galopin de Taragne est embauché pour un salaire fixe de 600 livres par an pour le service de Sa Sainteté le pape. »

Tudiou... Six cents livres ! Et cet homme était au service du pape !

Garin examina plus attentivement les dessins qui ornaient la boîte, le blason blanc semé de roses rouges et rayé d'une bande bleue, et les deux clés croisées. Les clés étaient le symbole de la papauté. Il revit le doigt du chevaucheur tapotant la boîte : il voulait désigner le blason ! C'était au pape qu'était destiné le message ! À Innocent VI. Et le pape vivait... en Avignon ! À quelques lieues d'ici, et sur cette route ! Oui, ce cheval savait parfaitement où il allait.

Garin lui gratta amicalement le chanfrein.

– Tu connais l'écurie, hein ?

L'animal remua les oreilles d'un air satisfait. Finalement, il lui paraissait plutôt sympathique.

Eh bien, si par hasard tu t'ennuyais, honorable scribe de grand chemin, maintenant tu sais quoi faire. Direction Avignon.

*

Ce qui attira d'abord son attention, ce furent les cloches. Une cacophonie de carillons qui tonitruaient sur tous les tons. Il aperçut alors au loin, par-dessus le sommet des arbres, un immense vaisseau de pierre armé de tours qui dominait de sa colossale stature une forêt de clochers enfermés dans des remparts. Avignon! Son cœur se mit à battre d'excitation. La cité des papes!

Seulement, entre elle et lui, le Rhône faisait barrage. Gonflé par les eaux de la mauvaise saison, le fleuve s'étalait sans se gêner et, malgré les îles de sable qui le parsemaient, il ne se laisserait pas franchir, même à cheval. Cela obligeait à emprunter le grand pont, là-bas.

Coûteux contretemps, car ce pont était probablement à péage. Voilà qui doucha net l'excitation de Garin. Sa mission lui parut soudain très hasardeuse. Laisserait-on un modeste scribe approcher le pape?

Tout en réfléchissant, il descendit vers le fleuve. Du moins, son cheval le fit, et le cheval savait fort bien ce qu'il avait à faire. Il se mit au pas pour traverser la bourgade qui s'étirait au pied de la colline.

Belle rue, magnifiques demeures, la petite cité de Villeneuve semblait fort riche, et ça, c'était bon pour lui. En revanche, au bord du fleuve, des maçons travaillaient à rehausser les murs d'une forteresse, et ça, c'était mauvais. Car si des murailles rassuraient, leur construction inquiétait : elle signifiait que la ville se sentait en danger. La guerre avec les Anglais n'était-elle donc pas finie ? Pourtant, les Français avaient été battus à Poitiers en septembre et, vu le nombre catastrophique de chevaliers tués et la capture du roi de France en personne, on avait signé une trêve.

– Ho ! appela un mendiant, t'aurais pas une petite pièce pour un pauvre gars qui voudrait passer le pont ?

Garin répondit qu'il se demandait déjà si lui pourrait payer, et il tâta l'intérieur de sa semelle du bout du gros orteil. Le magot qu'il conservait là pour les temps difficiles ne devait pas excéder quatre deniers. Le prix de deux gaufres au miel, rien de plus.

– Combien coûte le péage ? s'informa-t-il prudemment.

– Pour les cavaliers, deux deniers.

Ahi ! Et dire que le « cavalier », c'était lui ! Ce terme, qui lui aurait paru flatteur la veille, se révélait plein de traîtrise. Le mendiant jugea préférable de tenter sa chance ailleurs et s'adressa à un tailleur de pierre du chantier.

– Bien trop bons, les papes, grogna celui-ci en réponse. Ils distribuent trop d'aumônes, et c'est ça qui nous attire tous ces gueux.

– C'est pour moi que tu dis ça ? se fâcha le mendiant. Pour qui me prends-tu ? Je travaille, moi.

– Ah oui, grimaça l'autre, et à quoi ?

– Ce sac que j'ai sur le dos, que contient-il, à ton avis ?

– Une vieille chemise pleine de poux et du vent, ricana le tailleur de pierre.

– Il contient les ossements d'un brave pèlerin, que je rapporte à sa famille. Je me suis chargé personnellement de faire bouillir le corps pour récupérer les os, et je sais

16

m'y prendre, croyez-moi ! Si vous avez besoin de mes services...

– Merci bien, répliqua Garin, ça peut attendre.

Le mendiant redressa la tête, huma l'air et déclara :

– Ça sent bon la viande grillée. Ça doit venir d'une livrée*. J'irais bien y voir.

– Ça ne vient pas forcément d'une livrée, ironisa le tailleur de pierre. La dernière fois que j'ai senti cette odeur, c'était deux moines, que le pape nous faisait griller sur le bûcher.

– Des moines ? s'ébahit le mendiant. Et de quoi les accusait-on ?

– Ils ne croyaient pas comme il faut. Ce pape-là, il est moins coulant que celui d'avant. D'après lui, la fausse foi, c'est comme la fausse monnaie, et on doit punir les hérétiques exactement comme les faux-monnayeurs.

Brrr... Voilà qui refroidissait. Du coup, Garin perçut d'un autre œil le superbe palais qui se dressait sur la rive d'en face. Il glissa discrètement son pouce dans l'oreille, posa son auriculaire sur la narine et murmura : « Saint Garin, protégez-moi ».

* Petits palais appartenant aux cardinaux de la Cour du pape.

2
Mauvais présages

Tenant son cheval par la bride, Garin avançait avec prudence sur les planches branlantes du pont, en murmurant machinalement une prière pour atteindre l'autre rive sain et sauf. Les ponts étaient rarement fiables.

Ahi ! Une sorte de tremblement de terre venait d'ébranler celui-ci. Le mendiant se pencha par-dessus le parapet et constata :

– C'est un arbre arraché par le courant, qui vient de cogner contre une pile du pont. Avec tout l'argent qu'on leur laisse au péage, ils pourraient au moins bâtir les arches en pierre !

– Cela se dessine peu à peu, mes frères, intervint une voix.

Malgré le vent glacial qui balayait le pont, un religieux se tenait immobile près d'une chapelle dont on n'apercevait que le haut.

– La violence des crues, reprit-il en enfouissant ses mains dans ses manches, nous oblige sans cesse à reconstruire ce pont que notre vénéré saint Bénezet a jeté sur le Rhône.

Garin n'avait aucune intention de rester se geler ici mais le moine le retenait par le bras.

– Notre grand saint a transporté seul des pierres que trente hommes ne pouvaient soulever. Descends dans sa chapelle, mon frère, une prière est toujours utile.

Par pitié pour le nez bleu de froid du malheureux garçon, Garin jeta un coup d'œil vers l'escalier qu'il désignait, et qui menait effectivement à une chapelle posée en contrebas.

– Comme tu le vois, poursuivit le religieux, lorsque saint Bénézet a construit sa chapelle, le pont était plus bas qu'aujourd'hui. Va te recueillir sur son tombeau, et il t'accordera des indulgences* qui t'ouvriront le paradis quand tu quitteras cette terre.

Décidément, un mendiant voulait mettre son corps au court-bouillon, et celui-ci lui faisait miroiter une sainte mort ! Garin ouvrit la bouche pour protester qu'il était pressé... Impossible de placer un mot.

– Et un miracle n'est jamais exclu, s'entêtait le baratineur. Saint Bénézet est spécialement recommandé pour les sourds, les aveugles et les invalides. Tu constateras par toi-même en voyant toutes les béquilles laissées par les miraculés.

Le miracle aurait été de réussir à se décoller de cette glu.

Le miracle n'eut pas lieu, et Garin dut descendre dans la chapelle. Restait à espérer que ce saint Bénézet lui en tiendrait compte et mettrait des bâtons dans les roues au sort cruel que lui prédisaient les deux oiseaux de malheur.

Cette chapelle tout en rondeurs proposait évidemment un tronc pour les offrandes, qu'on ne pouvait guère éviter. Il y glissa un denier et contempla sa dernière pièce

---

* Remises de peines qui permettent de passer moins de temps au purgatoire.

avec un peu de découragement. Puis il remonta rapidement l'escalier.

– Vous aviez raison, mon frère, dit-il en sortant, le saint m'est apparu et m'a remercié. Il a même ajouté : « Donne donc une pièce à ce pauvre imbécile qui se gèle dehors, pour qu'il s'achète des moufles. »

Et il glissa son ultime denier dans la main du religieux. *Quand on n'a plus d'argent, on ne risque pas de le perdre*, vieux proverbe écossais traduit du provençal par saint Garin.

– Bavard comme une cigale, celui-là ! commenta le mendiant. C'est vrai, que le saint t'a parlé ?

– Tu m'as déjà vu mentir ?

Oui... Il n'en avait évidemment pas encore eu l'occasion. De toute façon, c'était juste un petit mensonge de rien... Eh ! néanmoins admirablement équilibré entre vengeance et pitié. Garin soupira : il avait quand même bel et bien dilapidé son malheureux denier.

La sortie du pont était surveillée par un châtelet dont les gardes ne jugèrent pas opportun de les fouiller.

– Où vas-tu loger ? s'informa le mendiant. À l'auberge du Chapeau Rouge, à celle des Trois Piliers, au Cerf-Volant ?

– Ne te tracasse pas pour moi, dit Garin.

L'autre ne se tracassait pas, il avait même l'air de s'en moquer royalement. Il désigna l'hospice qui accueillait gratuitement pauvres et pèlerins à la sortie du pont et déclara :

– Moi, je vise plutôt ce genre d'endroit, mais je vais d'abord porter mon fardeau chez le fils de mon tas d'os. Il est fabricant de bourses de ceinture dans le quartier Saint-Pierre, j'espère qu'il me donnera de quoi garnir la mienne.

Garin s'arrêta net. Là, devant eux, le palais des papes venait de surgir à l'angle de la rue. Illuminé par les derniers feux du soleil, avec ses énormes murailles qui semblaient s'élancer vers le ciel, le palais-forteresse était encore plus impressionnant de près que de loin. Garin se sentit écrasé. Un endroit pareil, ce n'était pas pour lui.

– Vertuchou, s'exclama le mendiant, admiratif, y'a de la pierre, là-dedans !

Garin évalua avec un soupçon d'angoisse la hauteur de la tour d'angle, à gauche, près de l'église, la largeur de la façade, la puissance des piliers qui la renforçaient et soutenaient le chemin de ronde, le nombre des gardes... Crédiou, mieux valait ne pas avoir l'air suspect ! Tout en haut, au-dessus des gargouilles qui devaient, par temps de pluie, cracher sans se gêner sur les passants, d'autres gardes faisaient les cent pas derrière les créneaux. La porte centrale était surveillée par deux tourelles dont les fins toits de pierre se découpaient sur le ciel.

Eh ! Au fronton était gravé exactement le même blason que sur sa boîte, surmonté des mêmes clés ! Le pouls de Garin s'accéléra. Aucun doute, il se trouvait au bon endroit. Il reprit la bride du cheval et s'avança. Les barricades qui protégeaient la façade ne laissaient de passage que face à la porte principale, de manière à mieux contrôler les visiteurs.

Garin n'aimait pas beaucoup les entrées officielles, où on entrait officiellement. Il avait une nette préférence pour les portes de service. Surtout que sa mission demandait de la discrétion. Pour ne pas risquer qu'on lui « ordonne » de délivrer son message, le mieux était de n'avoir pas à en parler. Tandis que le mendiant s'éloignait

à la recherche de son fabricant de bourses, il se mit en quête d'une autre entrée.

La partie du palais devant laquelle il se trouvait était en saillie, et des charrettes y pénétraient par le côté, par une porte qu'on n'apercevait pas d'ici, mais qui était forcément bien gardée. Pas ce qu'il lui fallait. Il s'engagea sur la droite.

À l'abri du vent, la température était plus supportable, et une foule incroyablement bigarrée se pressait dans la rue longeant les barricades, les robes religieuses noires, brunes, blanches, contrastant avec les vêtements chatoyants des bourgeois et les haillons pisseux des mendiants. Trouvant sans doute qu'on se traînait, le cheval avançait le cou en soufflant avec agacement. Garin lâcha la bride et saisit les rênes. S'il lui laissait un peu de liberté, il avait une chance que l'animal le mène droit à l'écurie.

À l'angle du bâtiment, il faillit buter contre deux hommes qui regardaient une fenêtre vers le haut, en débattant de la lumière donnée à la chapelle par le vitrail qu'ils venaient de poser. Des verriers.

Donc, de ce côté du palais, à l'étage, se trouvait la chapelle. Garin enregistra mentalement que les fenêtres du rez-de-chaussée étaient munies de grilles.

Un peu plus loin, devant la tour en construction qui enjambait la rue, deux autres hommes s'invectivaient. Les verriers tournèrent la tête et l'un d'eux remarqua :

– Maître Jean de Louvres m'a l'air en difficulté. C'est encore ce porteur d'eau...

– Le porteur d'eau, je le comprends, répondit l'autre. Il y a dix ans, on lui a rasé sa maison pour construire cette partie du palais et, aujourd'hui, le maître d'œuvre l'expulse de la nouvelle.

– Pour quelle raison ?

– Il veut finalement fermer ce passage sous la tour, et dévier la rue.

– Ça ne va pas plaire, ça. Déjà que les gens d'ici ont du mal à se considérer comme des sujets du pape...

– Oui, ils continuent à parler comme si la ville appartenait encore à la reine Jeanne.

Ouh ! L'ambiance n'était pas à la sérénité ! Le porteur d'eau cria au nommé Jean de Louvres, apparemment maître d'œuvre du palais :

– Ça décide, ça donne des ordres, ça fait le fier devant les pauvres qui n'ont aucun pouvoir, mais dans les années noires, il était là, le petit prétentieux ? Il était moins fier, devant la Dame Rouge*, hein ? Il ne la regardait pas en face comme il me regarde aujourd'hui, il lui tournait le dos et il courait vite !

L'interpellé serra les poings tandis que l'autre prenait les verriers à témoin :

– Il se carapatait à toutes jambes, vous pouvez me croire, en laissant le pape seul au palais avec son médecin et ses fossoyeurs !

Son ton était grinçant, et l'accusé, qui s'était contenu jusque-là, s'emporta :

– C'est un hasard, si je suis parti ! J'avais des affaires de famille à régler en Île-de-France. Je suis revenu sitôt que j'ai pu.

– Oui... sitôt que vous vous êtes aperçu que l'épidémie gagnait vers le nord et que vous n'étiez plus à l'abri.

Une tête passa par la fenêtre qui s'ouvrait au-dessus de la rue et grogna :

---

* La peste, qui décima l'Europe en 1348.

– Tais-toi donc, oiseau de malheur !

Mais la colère du porteur d'eau était à son comble.

– Je te demande ton avis, à toi, Gaillard ? cria-t-il. Tu as peur de perdre ton travail ou quoi ? Un crétin comme toi, qui ne sais qu'obéir sans réfléchir, je lui crache à la face. Crois bien que je n'oublierai pas que c'est toi qui as donné les premiers coups de pioche dans ma maison !

Garin s'intéressait beaucoup aux disputes, particulièrement quand elles ne le concernaient pas, car on y glanait mille détails instructifs. Malheureusement, il n'avait pas le temps de s'attarder.

Au moment où il s'engageait sous la tour, il eut la détestable impression que ce Gaillard (dont le peu qui dépassait à la fenêtre laissait supposer qu'il méritait bien son nom) le suivait des yeux. Il pressa le pas.

Passé la tour, la rue bifurquait à gauche vers une autre porte du palais, moins importante mais, hélas, bien gardée aussi. Le chaudronnier qui tenait boutique en face, l'informa qu'il s'agissait de la porte de la Peyrolerie, et que l'entrée des écuries, elle, se trouvait tout à l'opposé. Il y avait vraiment de quoi se décourager... surtout quand on allait remettre un message à un pape qui venait de faire rôtir deux moines dont les idées ne lui plaisaient pas.

Le long rempart qu'il suivait maintenant était celui des jardins, et Garin surveillait du coin de l'œil les gardes qui faisaient les cent pas sur son chemin de ronde. S'il y avait danger, celui-ci viendrait de là-haut, il en était persuadé, c'est pourquoi il ne s'attendait pas à ce qui allait arriver. Il poussa un cri, mais c'était trop tard.

3
Mission impossible

Quand Garin reprit ses esprits, il se trouvait aux écuries (qu'on avait découvertes pour lui au pied d'une énorme tour, derrière l'église) et le dénommé Gaillard le regardait sous le nez d'un air menaçant.

– Tu étais en train de filer avec Palatin, hein ? grinça-t-il avec un tel accent provençal que Garin eut du mal à le comprendre. Pas de chance pour toi, ce cheval, je le connais.

Ça ne se présentait pas bien. La ruelle où s'ouvraient les écuries était en cul-de-sac, rendant impossible toute fuite. Garin repéra à droite un gros soufflet de forge (qui signalait la maréchalerie) et, à gauche, dans le rempart, une porte gardée par des sergents en armes.

– Doucement ! lança-t-il d'une voix qu'il força un peu pour la rendre plus mâle. Je suis en service commandé. Je n'emmenais pas ce cheval, je le ramenais.

Il y eut un court moment de silence, pendant lequel on entendit des sabots qui se rapprochaient. Pas ceux du cheval, ceux d'un garçon d'écurie d'une douzaine d'années. Essuyant d'un revers de manche la morve qui lui pendait au nez, le nouvel arrivant annonça :

– Palatin, ça fait trois semaines qu'il n'est pas à l'écurie. C'est Galopin qui l'avait pris.

Son accent était encore pire que celui de l'autre.

– Je me tue à vous le dire, souligna Garin en montrant la boîte et le ceinturon. Votre chevaucheur m'a confié sa mission.

– Menteur ! cria Gaillard d'un air triomphant. Cette boîte porte des roses, ce qui est le blason de Clément VI, pas d'Innocent VI. Ce n'est pas parce que les deux papes ont le même chiffre qu'il faut les confondre !

Garin accusa le coup. Clément était le pape précédent, et il était mort depuis plusieurs années.

– Galopin, fit alors remarquer le garçon d'écurie sans élever la voix, il prend toujours sa vieille boîte.

– Merci, l'ami, soupira Garin avec soulagement. Enfin un qui n'est pas bête. Je dois voir immédiatement le pape.

– Ça, ça m'étonnerait, ricana un des sergents de garde au rempart. Personne n'approche Sa Sainteté.

Garin attendit que le gamin réplique, malheureusement cela ne semblait pas relever de sa compétence.

– Tout ce qu'on peut faire, reprit le sergent, c'est le prévenir.

Il se fit un mouvement derrière lui et deux arbalétriers parurent, arme pointée.

– Vérifiez ses bagages, ordonna le sergent.

Les arbalétriers lui arrachèrent son sac et son écritoire et, tandis qu'ils découvraient sans enthousiasme une vieille paire de chausses et une chemise râpée dans l'un, des accessoires de scribe dans l'autre, Garin sortit un parchemin de la boîte du chevaucheur. Il le déplia d'un geste théâtral et lut bien distinctement :

« Moi, Galopin de Taragne déclare que Garin... de Trousseroute est embauché par mes soins, avec un salaire fixe de 300 livres pour le service de Sa Sainteté le pape. »

La moitié du salaire de l'autre, c'était un peu humiliant, mais somme toute logique. Or un mensonge doit toujours être logique, telle était sa devise.

Le cœur battant, il attendit que quelqu'un demande à voir le document. Par bonheur, comme il s'en doutait, personne ne savait lire.

– Si tu as un pli à remettre, déclara le garde, donne-le.

– Oh que non ! s'exclama Garin (plus on a l'air détendu, plus on vous croit). Je n'ai pas de pli, il s'agit d'un message verbal... que je ne peux évidemment pas répéter au premier revenu.

Le garde eut l'air embarrassé.

– Attends-moi ici, dit-il enfin. Je vais avertir le référendaire de la Chancellerie apostolique.

Le quoi ?

Garin n'eut pas le temps de faire répéter, le sergent disparaissait par la porte. Bon. Il n'avait plus qu'à attendre que le *Quoi ?* arrive.

– Faites excuse, bredouilla Gaillard d'un air contrit. Je ne savais pas. Faites excuse...

Et il s'éloigna à reculons en soulevant son chapeau à plusieurs reprises.

– Si tu sais lire, observa alors le garçon d'écurie, tu sais peut-être écrire aussi. Tu pourrais écrire à mes parents pour moi ? C'est pour qu'ils sachent que je suis encore vivant.

– Si tu veux, lâcha Garin en songeant que lui n'avait jamais écrit aux siens, et que ça ne leur manquait sûrement pas.

Depuis si longtemps qu'il avait quitté la maison, Léonie et Dieudonné Troussebœuf, ses chers parents, ne se rappelaient sans doute même plus qu'ils avaient un fils prénommé Garin. Déjà, quand il vivait chez eux, ils le confondaient régulièrement avec l'un de leurs vingt-quatre autres enfants, dont ils se fichaient tout autant.

– On va t'écrire ça, décida-t-il.

Le bout de mauvais parchemin qui traînait dans son écritoire y suffirait, d'autant qu'il ne pouvait demander à ce pauvre gosse de payer le service, et encore moins la feuille. Il chuchota :

– Je te le fais si tu me dis comment pénétrer dans le palais discrètement et trouver le pape.

– Pour aller chez le pape, y'a que les jardins, et c'est gardé.

– Et en admettant que j'arrive à entrer dans les jardins ?

– Il faut longer le palais jusqu'au bout et entrer par la dernière porte, celle des étuves. Seulement c'est interdit.

Interdit, ça convenait parfaitement. Garin ramassa son sac et le raccrocha à son épaule en prenant soin de glisser la lanière par-dessus sa tête. Puis il ouvrit l'écritoire. Le sergent avait disparu, mais les arbalétriers le surveillaient toujours, armes à la hanche. Or un carreau d'arbalète pouvait vous transpercer de part en part avant que vous ayez le temps de dire crédiou.

– Merci bien pour le désordre, grogna-t-il en constatant le joyeux mélange des plumes, scalpel, cire à cacheter, sablier, tablette de cire et corne à encre.

Les arbalétriers arborèrent une mine maussade. Manipuler des instruments dont on ignorait l'usage mettait toujours en position d'infériorité.

– Qu'est-ce que j'écris ? demanda Garin en s'asseyant le long du rempart.

– Écris : « Je vais bien ».

Posant le parchemin sur ses genoux, Garin trempa sa plume dans l'encre et nota le poétique message.

– Et ensuite ?

– C'est tout, fit le garçon surpris de sa question.

– Bon. Et je signe comment ?

– Poïce.

Garin n'avait jamais entendu pareil prénom et se demandait comment l'orthographier quand le garçon annonça :

– Je peux signer tout seul.

Il prit la plume et dessina maladroitement : « Pons ».

– Ah ! Pons !

– Poïce, confirma le gamin avec son accent inimitable. Tu parles bizarrement, toi.

– C'est que j'ai été élevé en Allemagne, chez l'empereur, inventa aussitôt Garin, et que j'ai un peu de mal avec les langues chantantes.

– L'empereur allemand ? Et tu t'appelles Trousseroute !

– ... Troussekrut.

– Ah !... Et il y a beaucoup de chevaux dans les écuries de l'empereur ?

– Cent vingt-trois blancs, imagina Garin, et deux cent huit noirs et bais.

– Je devrais peut-être y aller. Parce qu'ici, il n'y a que vingt chevaux, quatre mulets et une mule. Le pape (il baissa la voix), il ne sort pas beaucoup du palais. Alors, pas besoin de monture. Si ça se trouve, bientôt je n'aurai plus de travail.

– L'Allemagne, c'est trop loin, et tu ne comprendrais rien à leur langue.

Garin s'interrompit. Un homme bedonnant, chaudement vêtu de luxueuses fourrures, et qui devait être le *Quoi ?* venait d'apparaître à la porte du rempart.

– C'est toi, le chevaucheur ? demanda-t-il d'un ton désagréable en ouvrant à peine sa bouche de crapaud. Viens me délivrer ton message.

– Je ne le dirai qu'au pape en personne.

– Tu le diras immédiatement, et à moi-même.

Garin entendit les gardes tendre leurs arbalètes. Il rangea soigneusement sa plume et sa corne à encre, passa lentement la courroie de l'écritoire par-dessus sa tête, en sens inverse de celle du sac, et prononça avec un calme remarquable :

– Comme vous voulez.

Il fit un pas vers le *Quoi ?* qui bouchait la porte et, là, tourna la tête vers la ruelle et cria d'un air subitement affolé :

– Les voilà !

Et, bousculant le gros homme, il se jeta dans les jardins.

Il y eut un moment de flottement où, sans doute, tous fixèrent avec une surprise inquiète le bout de la rue. Le temps qu'ils aient réalisé qu'ils s'étaient fait berner, Garin avait franchi le potager (au grand désespoir des poireaux qui rendirent l'âme sous ses semelles).

– Rattrapez-le !

Plus rapide que le vent du nord dans une pèlerine mitée, il traversa le second jardin à découvert. Son avantage sur ses poursuivants était qu'il ne possédait ni arme encombrante, ni lourde armure. Son désavantage était qu'il ne possédait ni arme menaçante, ni solide armure. Il fonçait entre des treilles de vigne quand il entendit la première flèche siffler. Ce n'est rien, ce n'est rien. Ne t'en occupe pas. Cours. File droit sur cette tour, rabats-toi derrière. Bien. Maintenant, continue le long de la façade, tu es à l'abri.

Ahi ! Un mur barrait la route !

.. Avec une porte. Entrouverte. Troisième jardin, des tonnelles, une fontaine. Un havre de paix. Paix, c'était bien le mot ! Le choc des flèches contre les pierres... Ne pas penser. Crédiou, il arrivait au dernier rempart, clôturant définitivement les jardins, il fallait trouver la porte et vite ! Pourvu que Pons ne lui ait pas raconté des bobards !

Des hurlements derrière lui. Aaaah ! Ses poursuivants devaient arriver au mur, ils allaient le repérer...

Il se jeta dans le dernier renfoncement et c'est là qu'il la vit. La porte. Il vola par-dessus les marches, souleva violemment le loquet, se précipita à l'intérieur et referma sur lui. Merci Pons.

Il bloqua vite le loquet et tenta péniblement de reprendre sa respiration. Calmons-nous. C'est dans les endroits interdits qu'on pense le moins à vous chercher. Voilà qu'il jouait les héros, maintenant ! Et pour quoi ? Pour un misérable bout de parchemin.

En main propre ! En main propre ! C'était vite dit ! Pourquoi est-ce que les embêtements tombaient toujours sur lui ? À cette heure, il aurait dû se prélasser au château de Roquemaure, à écrire, au coin du feu, les lettres d'amour de la châtelaine ou le testament du comte, qui, n'ayant pas d'héritier, lui léguait tous ses biens...

Bon. Ici, il se trouvait visiblement dans les étuves, il connaissait ce genre de pièce, il y en avait au château de Montmuran*. À droite s'ouvrait un escalier en colimaçon qui desservait les étages supérieurs.

D'un pied circonspect, l'oreille à l'écoute, il monta marche après marche, plus légèrement qu'un chat traquant la souris. L'escalier n'était pas un modeste passage réservé aux serviteurs car toutes les parois étaient ornées d'élégantes ramures qui s'entrelaçaient sur un fond rouge sombre.

En bas, les cris d'un loquet qu'on brutalise inutilement.

Garin passa devant une porte fermée au premier étage, puis une seconde à l'étage du dessus, et il arrivait au troisième quand il entendit un claquement vers le haut, immédiatement suivi d'un pas dans l'escalier. Quelqu'un descendait ! Il hésita un court instant entre les deux portes qui donnaient sur ce palier et ouvrit celle de gauche.

---

* Voir *L'Inconnu du Donjon*

Il se trouvait dans une chambre couverte de fresques des murs au plafond, et déserte. Il entra sur la pointe des pieds et referma silencieusement la porte. En face de lui, une peinture représentait un cerf poursuivi par des lévriers et des chasseurs. C'était tout lui, ça ! Le cerf, pas les chasseurs, hélas !

Il y avait du feu dans la cheminée, des livres sur des étagères, deux coffres de bois sculpté, un beau pupitre garni de drap rouge, une petite table sur laquelle étaient disposées des fioles, et un grand lit aux rideaux fermés. Ça sentait le camphre et les herbes, comme une infirmerie. Il se trouvait dans l'infirmerie !

Il fit le tour de la pièce à pas de loup pour chercher une autre issue, et en découvrit une sous les pattes d'un lapin qui s'enfuyait devant le furet lâché par un chasseur.

Ahi ! Du bruit sur le palier ! Il se précipita dans la ruelle du lit.

C'est là qu'il les aperçut, par le rideau entrebâillé. Deux yeux noirs qui le regardaient fixement. Il y avait un malade, là ! Tête encadrée d'un bonnet enveloppant, visage mangé par la barbe, yeux agrandis d'effroi. Garin posa vite son doigt sur ses lèvres pour supplier qu'on se taise. C'était lui, qui faisait cet effet-là ? Il lissa rapidement la mèche couleur de blé mûr qui dépassait de son capuchon et y rencontra un brin de paille, vestige de sa nuit sur le bateau.

– Ne craignez rien, rassura-t-il en ôtant la paille, je ne vous veux aucun mal.

Il ne put en dire plus. La porte s'ouvrit, il se jeta sur le sol.

4

L'inconnue de la chambre du cerf

Un pas léger s'approcha du lit, une lueur indiqua qu'on en soulevait le rideau, et Garin crut que son cœur s'arrêtait. Quand le malade dénoncerait sa présence, devait-il bondir vers la seconde porte ou redemander innocemment à parler au pape ? Ses oreilles bourdonnaient si fort qu'il n'entendit pas un son venant du lit. Le barbu ne l'avait-il pas dénoncé ? Le rideau se rabattit et le pas s'éloigna furtivement. Au moment de refermer la porte, le visiteur chuchota à quelqu'un qui se tenait probablement sur le palier :

– Je voulais prendre des nouvelles de sa santé, mais elle dort.

Sa première frayeur passée, Garin réalisa que l'homme avait dit « elle dort ». La personne, dans ce lit, était donc une femme. Une femme à barbe ?

Il avait déjà entendu parler de ce genre de cas sans jamais en avoir vu. Que faisait-elle là ? Était-ce une parente du pape ?

Il se redressa lentement. Il n'avait pas rêvé, la femme portait bien une barbe – d'ailleurs frisée et élégante – et même une moustache, qui soulignait son nez busqué. Les

35

grands yeux cernés de noir se tournèrent de nouveau vers lui, mais il n'y lut plus que de la curiosité.

– Qui êtes-vous ? Que voulez-vous ? émit enfin une voix aussi grave que celle d'un homme.

– Je dois voir le pape, souffla Garin. J'ai un message pour lui.

– Un message de qui ?

– Excusez-moi, je ne peux le révéler. J'ai juré de ne le transmettre qu'à lui, et on me hacherait menu que je n'ouvrirais pas la bouche devant un autre.

Ahi ! Quelle idée d'émettre des âneries pareilles !

– Vous n'êtes donc pas venu pour me tuer ? s'informa la dame.

– Quelle idée ! Je n'ai jamais tué personne. Je n'ai sur la conscience que le meurtre de quelques poux malintentionnés, et je dois préciser qu'ils m'avaient spécialement agacé. Je suis pacifique, mais il y a des limites... Pourquoi imaginiez-vous que je voulais vous tuer ?

– Malheureusement, les raisons ne manquent pas. Je n'ai pas peur de la mort, cependant j'ai encore beaucoup à faire.

– C'est aussi ce que je me dis souvent à moi-même. Sans vouloir vous brusquer, j'aimerais que vous m'indiquiez où je pourrais trouver le pape. Je sais que c'est un personnage trop important pour recevoir un modeste chevaucheur d'occasion...

– Le pape n'est lui-même qu'un modeste serviteur de Dieu, interrompit la vieille femme.

Garin la regarda avec surprise. Pour oser parler si légèrement du saint pape, elle devait être sa mère.

– Le travail est immense, reprit-elle, et Dieu me cloue sur ce lit.

– De quoi souffrez-vous ?

De ses yeux fatigués, elle désigna son pied et soupira :

– De crises terribles.

– Quelle sorte de crises ? s'intéressa Garin, qui avait peut-être déjà son idée sur la question.

– Des douleurs qui prennent brusquement, en pleine nuit, à la racine du gros orteil. Puis le pied qui gonfle et devient brûlant. Pendant quatre ou cinq jours, une grande souffrance...

– C'est la goutte, affirma Garin.

– Tu sais cela, toi ?

Tiens, elle le tutoyait, maintenant, c'était plutôt bon signe.

– J'ai passé un long moment à Bégard, en Bretagne, expliqua-t-il, dans un monastère plein de vieux moines cacochymes dont la moitié souffrait de ce que vous décrivez. Une maladie qui vient quand on mange trop. Moi, je ne crains rien. (Il fit le geste de tâter ses côtes sous son manteau râpé.)

– Cela peut avoir d'autres causes, protesta la vieille dame d'un air froissé. Par exemple de trop longues marches, la maladie...

– Bien sûr, admit charitablement Garin.

Il avait toujours eu de la compassion pour les vieillards et, bien qu'il sût pertinemment qu'au fil du temps les crises devenaient de plus en plus fréquentes et douloureuses, il s'abstint d'en parler.

– Vous devriez essayer un mélange de chair et de foie de grue au déjeuner, suggéra-t-il.

Il ne se rappelait plus d'où il tenait cette recette, mais la femme eut l'air intéressé.

– En échange de mon conseil, reprit-il avec un clin d'œil amical, vous m'indiquez où trouver le pape.

Au lieu de répondre, la malade le dévisagea avec attention.

– Ce que je n'arrive pas à comprendre, dit-elle enfin, c'est la manière dont tu es parvenu jusqu'ici.

– Par miracle, répondit Garin en quittant la ruelle où il se sentait un peu à l'étroit. Dans un saint palais, c'est normal. Et puis j'ai un bon copain qui s'appelle saint Garin et qui s'occupe de me faciliter les choses... Enfin, quand il veut bien. Et il m'a assuré que vous accepteriez de m'aider.

– Attends ici, c'est le mieux, déclara finalement la dame. Le pape y est souvent.

Garin poussa un soupir de soulagement. Merci saint Garin !

– Tu as l'air épuisé, observa la dame. Tu as dû faire un long chemin. Combien t'a-t-on promis pour délivrer ton message ?

– Oh ! Mais rien du tout.

– Assieds-toi, nous avons le temps.

Garin jeta un regard embarrassé vers le grand fauteuil de soie verte qu'on lui désignait. C'est que ses fesses n'étaient pas habituées à un tel luxe...

Le siège était marqué aux mêmes armes que sa boîte de chevaucheur. Décidément, tout ici portait le sceau du précédent pape, ça ne devait pas être drôle pour l'actuel. Même la frise qui courait sous le plafond était ornée de dizaines de blasons à roses rouges. Elle galonnait une scène où l'on voyait des gens pêcher dans un vivier et un garçon dans un arbre. Drôle de décor pour une infirmerie où l'on se serait plutôt attendu à des statues de saints protecteurs.

Il s'assit avec prudence dans le fauteuil. Malgré la bienveillance de l'unique occupante, il n'osait toujours pas se défaire de son sac et de son écritoire. Bien lui en prit, car la porte s'ouvrit soudain sur un grand échalas enveloppé d'un lourd manteau brodé de soie, et coiffé d'un bonnet très ajusté de velours brun. Si son allure était extrêmement distinguée, son cri le fut moins.

– Qu'est-ce que tu fais là, toi ?

Et il tenta de saisir l'intrus par la manche.

C'était compter sans le réflexe d'un voyageur plein d'expérience. Garin avait déjà bondi vers l'autre porte.

– Laissez-le, ordonna la voix dans le lit.

– Comment ? Mais, Votre Sainteté, c'est un pouilleux !

Et il était assis dans le fauteuil de Sa Sainteté le pape Clément.

Sur le moment Garin ne releva même pas « pouilleux » (bien qu'à cause de ça, cette espèce de grand héron lui devînt instantanément antipathique). Le mot qui venait de le frapper de plein fouet était « Sainteté ». Il sentit la sueur lui perler au front. Tandis que, la main sur le loquet de la porte, il se tenait prêt à fuir, une véritable révolution se produisait dans son esprit. Le précédent visiteur n'avait pas dit : « des nouvelles de sa santé », comme il l'avait cru à cause de l'accent provençal, mais « de Sa Sainteté ». Et « elle » ne désignait pas une femme !

Reprenant ses esprits, il se découvrit vivement, ôtant d'une main son grand chapeau en même temps que, de l'autre, il rabattait son capuchon vers l'arrière.

– Il ne représente aucun danger, affirma le malade.

– Pardonnez-moi, Votre Sainteté, le danger peut venir de partout.

– J'en suis conscient. Aussi, l'important, à cette heure, est de comprendre quels manquements ont permis à ce jeune homme d'arriver jusqu'ici, et pourquoi aucun huissier ne s'y est opposé.

C'est à peine si Garin comprenait ce qui se disait. Le pape, le chef de toute la chrétienté, l'être le plus puissant du monde, c'était lui ? Ce malade, là, dans le lit ? Un pauvre vieillard souffrant de la goutte ?

– Je vous remercie de votre sollicitude, reprit le malade pendant que l'autre l'aidait à se redresser sur ses oreillers, mais vous pouvez nous laisser.

– Mon rôle est de veiller à tout.

– Je ne doute pas de votre dévouement, cependant vous avez certainement mille occupations plus importantes.

Garin suivait la scène avec un intérêt grandissant. Il avait insisté pour remettre son message personnellement au pape, pas pour se trouver seul avec lui. Or Sa Sainteté Innocent VI était en train de manœuvrer pour évincer le grand échalas qui, lui, s'accrochait. Le pape dut finir par déclarer clairement :

– Ce garçon a risqué sa vie pour porter sa missive au vicaire du Christ en personne. Le vicaire du Christ lui doit bien de l'écouter en privé.

L'homme se raidit, puis s'inclina avec sécheresse. Avant de passer la porte, il jeta à Garin un regard glacial.

– Bien, soupira alors le pape, qu'as-tu à me révéler ?

Garin se demandait s'il devait se courber, s'agenouiller, ramper par terre, se tenir sur un pied comme une cigogne. Dans le doute, il ne fit rien de tout ça.

– Je vous répète les mots, dit-il en cherchant dans sa mémoire. « C'est de la part d'un messager de messe pour la balle d'or. »

Comme le pape le contemplait avec des yeux stupéfaits, il avoua d'un ton un peu contrit :

– Je ne vous garantis pas les termes, il faisait froid et mon esprit était gelé. Mais ces paroles s'accompagnent de ceci.

Il plongea la main dans la boîte du chevaucheur et en sortit le rouleau scellé.

Une soudaine lueur passa dans les yeux du malade.

5
Porteur de sacrifice
pour la pomme dorée

La lueur dans les yeux du pape signifiait qu'il avait enfin compris la phrase. Garin se demanda s'il l'avait mal prononcée, ou s'il avait fait une erreur sur les mots. Il se répéta *« messager de messe »* et *« balle d'or »*, puis changea *« messager »* pour *« envoyé »*, et *« messe »* pour *« cérémonie »*, *« balle »* contre *« sphère »* et *« or »* contre *« richesse »*... « Messager de messe, pour la balle d'or » devenait alors « Envoyé de cérémonie pour la sphère des richesses ».

C'était tout aussi obscur, sauf que c'était plus joli et que ça pouvait ressembler à ce maître mot qu'il se cherchait depuis si longtemps.

Il essaya ensuite « Commissionnaire de bénédiction pour le boulet de fortune », « Courrier d'office pour la bourse de deniers », « Porteur de sacrifice pour la pomme dorée ». Ce dernier lui plaisait bien.

Il ne faut pas croire que ces subtiles réflexions détournaient son attention des gestes du pape. Ce dernier avait lentement décacheté le rouleau, d'où s'était échappée une plaque ronde et dorée... qui restait maintenant pendue au parchemin par un ruban. Puis il lut, et une extrême gravité se peignit sur son visage. Garin en ressentit une certaine fierté : la missive que ses innocentes mains avaient transportée valait apparemment son pesant de moutarde.

Le pape lut la missive une seconde fois, et son visage s'allongea un peu plus. Enfin, se rappelant la présence de Garin, il murmura avec un visible embarras :

– Puis-je te demander de... de...

– De n'en parler à personne ? suggéra Garin.

– C'est cela. Pas même à...

– Au grand héron ?

Un éclair de surprise passa dans les yeux du pape, puis il vit à qui Garin faisait allusion et retint un sourire.

– Il est le camérier du palais, précisa-t-il. L'homme le plus important de ces lieux... après mon humble personne.

– Le camérier du palais est vexé, commenta Garin, et un homme vexé est le pire ennemi qui soit.

Le pape secoua la tête.

– Il n'y a rien à craindre de lui. Mais tu n'as pas encore de barbe au menton et tu parles comme un vieux sage.

– C'est que, lorsqu'on court les routes et qu'on tient à la vie, on apprend vite.

– Ah oui, tu es chevaucheur...

Garin était déjà prêt à concocter un joli déguisement à la vérité, quand il songea que c'était au pape qu'il s'adressait, et que celui-ci avait une liaison directe avec le Ciel.

– Je suis scribe, avoua-t-il, et je m'appelle Garin.

Il ne révéla pas son nom, parce que « Troussebœuf » faisait bien vulgaire dans ce paradis de soie, et que, pour la première fois de sa vie, il n'osait pas s'en inventer un autre. Il poursuivit :

– Mon métier m'oblige au secret. Aussi, n'ayez aucune crainte, je ne dirai pas un mot de mon message.

– Comment t'est-il arrivé entre les mains ?

– Je me suis trouvé là, voilà tout. Votre chevaucheur m'a confié sa mission juste avant de mourir.

– Galopin est mort ? souffla le pape d'un air atterré.

Garin n'aurait pas pensé qu'un être aussi important accordât de l'intérêt à un serviteur, et il regretta de ne pas s'être montré plus délicat.

Le pape ferma les yeux et demeura un long moment silencieux avant de murmurer :

– Pauvre petit...

Ce n'était pas le terme que Garin aurait employé pour parler du vieux chevaucheur, aussi crut-il bon de préciser :

– Il était très malade. Il se tourmentait pour sa mission, il **avait peur** que quelqu'un n'intercepte le message.

– Et il t'a fait confiance ?

– Ma foi, dit Garin, j'ignore pourquoi.

À sa grande stupeur, le pape répliqua :

– Moi, je vois. (Il se redressa un peu.) Que s'est-il passé ensuite ?

– Il m'a fait jurer de venir ici et de vous parler en personne. Voilà pourquoi je suis parti avec un message que je ne comprenais pas, sur un cheval que je ne savais pas monter, pour un palais dont j'ignorais tout.

– Et maintenant, que sais-tu ?

– Que Pons se dit Poïce, que vos arbalétriers visent mal en courant, et que votre camérier devient très vulgaire quand il s'emporte. Que signifient « *messe* » et « *balle d'or* » ?

Il avait posé sa question dans la foulée en espérant prendre son interlocuteur par surprise, seul vrai moyen d'obtenir une réponse. Malheureusement, le pape sembla plus choqué que pris de court. Il n'était pas tombé de la dernière averse, et la spontanéité n'était pas au programme du monastère où il avait été élevé. Il déclara :

– Si ta requête, inspirée par la recherche de la vérité, peut te paraître justifiée, elle se heurte néanmoins au devoir de réserve inhérent à toute affaire concernant l'Église et son premier serviteur sur la terre.

Ce que Garin, habitué aux embrouillaminis des formules officielles, traduisit par : « Tu es trop curieux ».

La porte s'ouvrit sur un serviteur vêtu de velours vert foncé, qui lança à Garin un regard sidéré avant d'informer :

– La chambre est de nouveau en ordre, Très Saint-Père.

Il était suivi par ce crapaud de *Quoi?* qui, lui, faillit carrément s'étouffer.

– Que fait là ce...

– Ce courageux chevaucheur, intervint le pape, a bravé l'adversité pour accomplir son devoir.

Bien que ce ne soit pas l'intention du pape (qui ignorait tout des détails), le *Quoi ?* prit pour lui le mot « adversité » et se renfrogna.

Le héron arriva à son tour et posa des yeux une question muette à laquelle le pape répondit :

– Rien d'urgent. J'en parlerai demain en consistoire.

Le consistoire étant l'assemblée des cardinaux, Innocent leur signifiait clairement qu'ils ne sauraient rien de la missive avant le lendemain.

Tiens tiens... Le bon pape n'avait pas l'air pressé de partager l'information. Tout n'était-il pas d'un bleu d'azur dans le cœur du monde ?

– Aidez-moi à passer dans ma chambre, ajouta le Saint-Père en coupant court aux questions, et faites donner à manger à ce jeune homme.

Ça, c'était une excellente idée !

– Fais-le servir dans le petit tinel, Géraud, précisa-t-il en se dirigeant vers la porte, appuyé sur le bras du héron.

Les yeux du serviteur en velours vert s'arrondirent. Il détailla Garin de la tête aux pieds – son manteau élimé, ses souliers éculés, les piètres bagages dont les courroies se croisaient sur sa poitrine – et répéta avec incrédulité :

– Le petit tinel ? La salle à manger privée de Sa Sainteté ?

Il parlait du nez et son « Sainteté » ressemblait au cri d'une souris coincée dans une porte. Le pape étant sorti sans entendre, il se tourna vers le *Quoi ?* et demanda :

– S'agit-il d'un personnage important ?

Ce Géraud parlait exactement comme si Garin était absent, ou sourd, ou allemand.

– Il ne vaut pas un coupeau d'oignon, répliqua vertement le *Quoi ?*. Sa Sainteté préfère simplement le garder au secret.

« Coupeau d'oignon » ! C'était un peu fort ! Garin se redressa.

– D'une part, commença-t-il d'un air plein de sous-entendus, ne vous fiez pas à mon travestissement, vous pourriez vous en mordre les doigts. D'autre part rappelez-vous que la soie n'étouffe pas le pet. Vieux proverbe arménien traduit de l'anglais par saint Bénezet.

Le *Quoi?* en resta un instant sidéré.

– Emmenez-le, confirma-t-il enfin d'un ton bougon.

Puis il sortit par la porte du fond d'un pas agacé.

N'empêche, le « courageux chevaucheur » venait de redescendre cruellement de son piédestal. Ce prétentieux de *Quoi ?* pouvait avoir raison, le pape ne voulait tout simplement pas risquer qu'il divulgue le peu qu'il savait. Pire : dans le regard du serviteur, il s'était vu soudain tel qu'il était, hâlé par les intempéries, dépenaillé, mal peigné. Il y avait des moments où le moral en prenait un coup.

Bah ! c'est qu'il était fait pour le vaste monde, pas pour les palais !

Le serviteur lui intima sèchement l'ordre de le suivre, se munit d'un chandelier et se dirigea vers le palier.

– Nous sommes obligés de passer par la chambre de Sa Sainteté, souffla-t-il à l'huissier qui gardait la porte, comme s'il était confus d'imposer à la somptueuse chambre ce résidu de boue des chemins.

Ils débouchèrent près d'une fenêtre où les dernières lueurs du jour éclairaient des fresques représentant des cages à oiseaux dorées sur fond bleu. D'ailleurs, toute la pièce semblait bleue, sauf un faux rideau – rouge – peint en bas des murs, et qui se reflétait sur le carrelage luisant. Les cloisons qui partageaient l'espace empêchaient d'en voir davantage. Le pape était là, quelque part, car on entendait sa voix qui demandait :

– Comment le mal évolue-t-il ?

Une autre voix, plus grave, répondit :

– J'espère que l'inflammation ne gagnera pas de nouvelles articulations, genou ou poignet. Le pire serait qu'elle atteigne les doigts.

Un médecin ? Pas très charitable, en tout cas. Était-il nécessaire de prédire le pire ?

Garin eut pitié. Lui ne vivait pas dans un palais, sa chemise avait un trou (discrètement caché sous sa ceinture), les couleurs de son pourpoint étaient fanées, mais tous ses membres fonctionnaient à merveille, il avait un œil de lynx et des oreilles prêtes à saisir au vol la moindre indiscrétion.

Ils ressortirent à l'autre bout de la chambre, descendirent quelques marches et débouchèrent dans une grande salle éclairée par de magnifiques candélabres et grouillant d'hommes en uniformes vert clair. Le serviteur allait menton haut, visiblement contrarié d'accompagner aussi misérable invité. À croire que lui était sorti de la côte de Charlemagne. Figé dans son costume de velours foncé agrémenté d'or (ce qui le haussait au rang des serviteurs de la sphère supérieure), il n'avait toujours pas ouvert la bouche.

– Savez-vous, dit alors Garin d'un ton de confidence, le contenu de la missive que j'ai remise à Sa Sainteté ?

Le visage de l'homme se modifia imperceptiblement. Il luttait pour n'avoir pas l'air intéressé.

– Il y a eu un miracle, ajouta Garin encore plus bas.

Il attendit que l'autre lui jette un regard implorant pour continuer :

– Je ne devrais peut-être pas... Mais enfin, si Sa Sainteté vous admet près d'elle, c'est que vous le méritez. Vous n'êtes pas du genre à répéter les secrets. Je me trompe ?

L'homme protesta aussitôt de son sérieux et de sa discrétion.

– Je suis premier chambrier du pape. Sa Sainteté me fait la bonté de m'accorder sa confiance pour l'habiller, l'éventer, lui fournir médicaments et épices, apporter les suppliques, veiller sur son sommeil...

– Ah ! lâcha traîtreusement Garin, valet de chambre, quoi !

– Premier chambrier ! se hérissa la côte de Charlemagne. Notre Saint-Père le pape me confie l'exclusive rédaction de son courrier privé, sachez-le.

– Ah ! Eh bien figurez-vous que deux enfants viennent de voir saint... Bénezet leur apparaître. Et le saint leur a dit : « Le monde va mal, j'ai vu de mes yeux Dieu refuser l'entrée du paradis à de grands personnages. Quand je Lui ai demandé pourquoi Il m'avait ouvert, à moi, Il a répondu : "Parce que tu es un simple pâtre, mon ami, dans un simple costume de pâtre. Tous ceux-là sont alourdis de soie et de fourrures, ils ont oublié de partager leur manteau avec les pauvres. » Voilà, conclut Garin, pourquoi je me vêts aujourd'hui aussi pauvrement. Les flammes de l'enfer, très peu pour moi.

L'autre lui lança un regard franchement sceptique.

– Moi non plus, je ne voulais pas y croire, insista-t-il. Seulement à peine ai-je fait la moue, que j'ai ressenti un violent coup sur la hanche, accompagné d'un grand bruit. Et, dans ma pauvre écritoire, il y avait ceci...

Il montra la marque du coup de marteau, qui datait en réalité de la colère d'un pâtissier saoul comme une grive aux vendanges.

Crédiou ! Est-ce qu'on pouvait mentir impunément dans la maison du pape ? La côte de Charlemagne prit un air de côte de Charlemagne et lâcha finalement :

– Ici, tout est différent. Nous devons porter des vêtements dignes de la fonction que nous occupons, et qui témoignent de la puissance du représentant du Christ sur la terre, et donc de celle de Dieu lui-même.

Il ne s'en était pas mal tiré. Garin se vengea en arborant une expression résolument dubitative, ce qui eut pour effet de vexer le premier chambrier. Or, comme il l'avait si bien dit au pape, un homme vexé est le pire ennemi qui soit.

6

Sacré bavard d'emplumé

Garin fut réveillé par des chants d'oiseaux et, comme
le sol sentait le jonc, il crut un instant qu'on était au prin-
temps et qu'il avait passé la nuit à la belle étoile. Il ouvrit
les yeux. Il était couché sur une natte de jonc posée sur
un carrelage vert. Il s'en souvenait, maintenant : il avait
dormi dans un coin de la chambre du pape ! Pas seul,
d'ailleurs, car il y avait auprès de lui deux valets – qui,
eux, avaient droit à des matelas.

Il ne se faisait aucune illusion. L'honneur de coucher
dans la chambre du pape devait plus à la volonté de secret qu'à de la déférence envers sa petite personne.

– Bonjour, Très Saint-Père !

Garin se redressa vivement. Au-dessus de sa tête, un
perroquet perché sur une cage le fixait d'un œil rond ; il
avait dit « Saint-Père » d'une voix de souris coincée
dans une porte, exactement comme la côte de
Charlemagne.

Garin enfila son manteau, qui lui avait servi de couverture. Il faisait frisquet. Les valets repliaient le tissu de
velours qui dissimulait la volière. On entendait la voix

51

nasillarde de Géraud qui récitait les premières prières avec le pape, quelque part derrière les cloisons. Le perroquet embraya aussitôt :

– *Ave Maria gracia plena...*

Garin se retint pour ne pas éclater de rire. Un perroquet qui parlait latin !

La pièce était encore sombre, car les fenêtres n'étaient pas habillées de vitres, mais de simples toiles huilées. Malgré tout, on commençait à distinguer le décor. La cage sur laquelle était perché le perroquet était remplie d'oiseaux aux couleurs vives et, derrière, sur le bleu du mur, on voyait d'autres oiseaux, peints ceux-là, et qui semblaient chanter parmi les feuilles. Le mur entier était couvert d'un entrelacs de branches et de feuillages, dans les tons verts et bruns. L'avantage de la nature sans l'inconvénient du rhume des foins.

Garin roulait sa natte quand la porte s'ouvrit sur des religieux, qui disparurent aussitôt dans l'alcôve pontificale. Il y eut quelques échanges en latin (qu'il comprit moyennement) puis deux chapelains ressortirent en soutenant le pape tout vêtu de blanc. Ils se dirigèrent vers la porte près de laquelle il se tenait.

– Ah ! dit le pape en l'apercevant. Ne bouge pas d'ici. J'aurai encore besoin de toi.

Et il sortit en sautillant péniblement.

Géraud gratifia alors Garin d'un regard de côte de Charlemagne et commenta de sa voix pincée, en direction des valets :

– Le Saint-Père n'est pas raisonnable d'aller dire sa messe à la chapelle Saint-Michel. Monter l'escalier dans son état !

Il ordonna de se dépêcher de faire le lit et ouvrit la fenêtre. Les cloches qui sonnaient à la volée le lever du jour engouffrèrent leur tintamarre dans la chambre.

Tandis que Géraud s'occupait de nourrir les oiseaux, Garin jeta un coup d'œil dehors. Le ciel rosissait derrière le rempart qu'il avait longé en arrivant. À cause de la hauteur où il se trouvait, il n'apercevait pas les gardes, cachés par le toit abritant le chemin de ronde. Il demeura pensif. Que lui voulait le pape ? S'agissait-il encore d'une ruse pour le tenir enfermé ?

Il se pencha par la fenêtre. Entre le rempart et le palais, un second mur délimitait un verger. Au-dessous de lui, les jardins (qu'il n'avait pas vraiment eu l'occasion d'apprécier la veille) étaient tout raides de froid. L'hiver avait dénudé les arbres et fané les fleurs, mais les innombrables bouches de la grande fontaine blanche continuaient à cracher leur eau dans une énorme vasque.

Géraud referma vite la fenêtre en arguant que les oiseaux pouvaient prendre froid, puis il jeta un coup d'œil professionnel sur la cheminée d'angle où brûlait déjà un feu d'enfer – si on pouvait se permettre, dans un lieu aussi saint – et quitta enfin la pièce avec les valets.

– J'entends la cloche, Votre Sainteté. Le repas est prêt !

Garin sursauta. Décidément, il ne s'y faisait pas ! Il s'approcha du perroquet et l'avertit d'un ton goguenard :

– Toi, tu as de la veine que je n'aie pas faim, j'aurais bien pu te faire rôtir pour me venger de tes fausses nouvelles.

À dire vrai, il avait tellement mangé la veille au soir qu'il avait à l'estomac une sensation inédite de satiété.

– Rôtiiir... répéta le perroquet. Faites-moi rôtir un paon et deux belles colombes...

- Crédiou, tu m'as l'air d'en savoir un bout, dis donc !
- Un bout... répéta le perroquet.
- Eh ! Tu sais peut-être quelque chose sur la balle d'or ?
- Sur la balle d'or ? Sur la balle d'or ?
- Chut ! Tu veux me rendre suspect ou quoi ?
- Ou quoi ?

Garin n'osa plus prononcer un mot. Un vrai danger public, cet emplumé !

Il s'éloigna prudemment et jeta un coup d'œil au reste de la pièce. La partie la plus vaste était réservée au pape. Ciel de lit en drap d'or, épais rideaux verts, couverture de velours rouge doublé de fourrure d'hermine, rien à voir avec sa propre natte de jonc, ni même avec la modeste paillasse qui gisait sur le sol et devait être celle de Géraud. Au mur pendait une tapisserie représentant encore des oiseaux et des fleurs.

Ahi ! Un bruit de porte ! Garin bondit vers la cheminée pour faire semblant de réorganiser les bûches. L'arrivant était un des valets qui, aussitôt, protesta :

– C'est mon travail.

– Ah ? Le premier chambrier te renverra si tu me laisses y toucher ?

– Nullement. Géraud est mon cousin et je ne le crains pas. Je m'en voudrais seulement de le décevoir.

Ils se turent. La porte s'ouvrait de l'autre côté devant le pape.

Les deux chapelains aidèrent le Saint-Père à s'asseoir dans la belle chaise dorée et ressortirent. Le valet quitta la pièce à son tour et, pour la deuxième fois depuis la veille, Garin se trouva seul avec le pape.

– Je voudrais te dicter quelque chose, annonça alors celui-ci. Tu es scribe, n'est-ce pas ?

– Je le suis, répondit Garin, intrigué qu'on s'adresse à lui plutôt qu'au premier chambrier ou aux innombrables gratteurs de parchemin du palais. Sans savoir pourquoi, il craignait un piège.

– Tu m'as donné la preuve de ta ténacité à remplir tes missions, reprit le pape, et, tout comme le chevaucheur, j'ai confiance en toi. Tes yeux sont clairs et francs, on voit jusqu'au fond et ils ne se détournent pas.

Allons bon !

Et là, le pape ajouta des choses stupéfiantes : qu'il sentait l'herbe, les feuilles, l'hiver, le givre sur les branches, le bourgeon qui patiente et attend son heure. Qu'il sentait la vie et apportait une atmosphère nouvelle dans ces murs. Puis il finit simplement par :

– Va demander de quoi écrire à l'huissier de mon cabinet de travail.

– Votre cabinet ?

– L'endroit où nous nous sommes rencontrés hier, tu t'en souviens...

Ah ! L'*infirmerie* ! La chambre avec la chasse au cerf !

Sur le palier, Garin rencontra le préposé aux portes qui aurait dû se trouver là la veille et l'empêcher de passer. D'ailleurs, son air fautif était révélateur. Mais quoi, tout le monde avait le droit d'être subitement pris de coliques !

Un riche parchemin sous la plume, curieux de ce qu'il aurait à écrire, Garin attendit.

– Je peux compter sur ta discrétion ? demanda le pape en guise de préambule.

Garin hocha la tête avec sérieux, tandis que son cœur s'emballait. Qu'allait-il donc apprendre de si secret ?

– Date d'aujourd'hui, 1er janvier 1357.

Allons bon, le pape perdait-il la tête ? Garin hésita un instant, avant d'oser discrètement :

– Nous sommes en 56 jusqu'à Pâques...

– Seulement en France. Ici, nous changeons d'année le jour de la naissance du Christ, le 25 décembre.

Ah ? Vraiment pratique ! Comment ensuite pouvait-on s'y retrouver ?

– « Mon cher neveu », reprit le pape. « En réponse à l'inquiétude que vous témoignez pour ma santé, je vous rassure. Dieu veille à me laisser la force de mener à bien la mission qu'Il m'a confiée. »

La plume en l'air, Garin attendit la suite. Cependant, à sa profonde stupéfaction, il n'y en eut pas.

Le pape prit le parchemin, le plia soigneusement et le glissa dans une poche intérieure de son manteau.

– Ne parle à personne de ce que tu viens d'écrire, ajouta-t-il.

Sidéré, Garin repassa dans sa tête le contenu de la missive en essayant d'en décrypter les mots différemment. Hélas, il n'y perçut rien d'autre que ce qu'ils disaient.

Un code secret ? Malheureusement, il ne voyait pas comment le déchiffrer. Décidément, ici, les mots étaient pleins de mystère.

– La balle d'or ? coassa à cet instant le perroquet.

Et Garin eut la détestable impression que ce volatile de malheur avait imité sa voix.

Quand le pape leva son regard sur lui, il aurait donné cher pour n'être qu'un grillon planqué dans la cheminée.

– Tu as fait une erreur, dit enfin Innocent sans la moindre colère, il ne s'agit pas d'une balle d'or, mais d'une bulle d'or. Une bulle est un document solennel émanant d'un souverain, et certifié par un sceau. Un sceau de plomb... ou d'or.

Garin ouvrit des yeux ronds et se répéta sa phrase : « C'est de la part d'un messager de messe pour la *bulle* d'or ». Ah... Seulement, le sens de « messager de messe » lui échappait toujours, et rien n'éclairait le contenu de ce document qui avait allongé le visage du pape. Bien qu'une question à un personnage aussi important relève de l'insolence, il en aurait volontiers tenté une. Il n'en eut pas le temps, car la porte s'ouvrit sur le cordonnier, qui venait prendre mesure du pied gonflé de Sa Sainteté pour lui confectionner des bottines fourrées mieux adaptées.

– Je te rends ta liberté, déclara alors le Saint-Père.

Oui... Il ne craignait plus ses indiscrétions, vu qu'il allait révéler à ses cardinaux le contenu de la *bulle*.

– Si tu désires rester au palais, ajouta le pape, tu peux proposer tes services au studium. On y a toujours besoin de scribes.

Garin n'avait pas encore fait de projets, mais on mangeait bien ici, et l'hiver était froid...

– Je resterai avec plaisir, au moins pour un temps, répondit-il.

– Dans ce cas, va voir le tailleur, qu'il te fasse un habit digne de ces murs.

Ça, c'était une bonne nouvelle ! Un habit neuf ! Garin fila récupérer son sac.

Au moment où il se penchait pour le ramasser, le perroquet, au-dessus de sa tête, débita :

– Je peux compter sur ta discrétion ?

– Crédiou, chuchota Garin, tu es une vraie calamité, toi !

Il lui gratta néanmoins amicalement le poitrail et ajouta à mi-voix :

– Je devrais te tordre le cou, tu le sais, ça ? Pourtant, je dois finalement te remercier pour la bulle d'or. Tu vois, il n'y a pas loin de la gloire au gibet.

Il avait quand même un don pour retenir l'essentiel, cet emplumé. « Je peux compter sur ta discrétion » !

7

Les ennemis de l'ombre

Quand Garin pénétra dans cette « chambre de pare-ment » qui avait entendu la veille le fabuleux récit du mi-racle de saint Bénezet, le maître de la cire regarnissait de chandelles neuves deux grands candélabres posés sur l'autel, et des hommes déroulaient sur le sol un tapis vert à roses rouges (le même que celui de la chambre du cerf). Ce palais n'avait vraiment rien à voir avec les sombres monastères où il avait travaillé. Au fond trônait un lit de soie rouge sans doute réservé aux visiteurs de marque... et que, curieusement, personne ne lui avait proposé pour la nuit.

Immobiles comme s'ils étaient vissés au sol, les huis-siers surveillaient néanmoins ses mouvements d'un œil attentif. Il y eut un appel de cloches, et trois hommes en manteau et bonnet pourpre – des cardinaux – traversè-rent la pièce. Un autre religieux arriva par la porte oppo-sée : genre chapelain, en robe brune. Il s'avança vers l'huissier, qui avait la chance d'être en faction dans l'aire chauffée par la cheminée, et s'enquit d'une voix anxieuse :

– Pourrais-je obtenir une audience du Saint-Père ?

– Après l'office, décréta l'homme en vert. Si vous n'en avez pas pour trop longtemps, parce que Sa Sainteté doit réunir les cardinaux en consistoire.

– Faut-il que j'attende près de la salle du consistoire ?

– Non. Le conseil sera restreint, aussi se tiendra-t-il ici même. Sa Sainteté vous recevra dans sa chambre.

Le religieux eut l'air à la fois flatté et mal à l'aise, et Garin aurait bien voulu connaître l'objet de sa visite. Il chercha un prétexte pour demeurer dans le coin... par exemple en faisant semblant d'avoir un caillou coincé dans le soulier, ce qui l'obligea à s'asseoir sur un escabeau. L'huissier ne l'entendit pas de cette oreille et lui fit signe d'aller ôter son caillou dans un lieu moins solennel. Garin dut se décider à franchir la petite porte du studium.

La première personne qu'il aperçut en y entrant fut Géraud. Il l'avait oublié, celui-là ! À son regard, Garin sut que ce pur produit de la côte de Charlemagne était au courant de ses petits travaux d'écriture. Or le premier chambrier se vantait d'avoir l'exclusivité des messages privés du pape.

Garin affecta l'air distrait de celui qui a une telle habitude des situations d'exception qu'il en fait peu de cas. Les copistes, qui travaillaient à la lumière des deux grandes fenêtres, tournèrent la tête pour l'observer. Partout, les étagères débordaient de rouleaux de parchemin, de registres, de bâtons de cire à sceller, de fioles d'encre, de plumes... Le paradis du scribe.

Ce paradis ne plut pas vraiment à Garin. Autant il aimait rédiger à l'arraché une missive, un testament ou une liste d'achats, autant travailler toute la journée courbé sur un pupitre le tentait peu. Surtout sous la direction de la côte de Charlemagne !

Sur sa gauche, un miniaturiste appliquait avec délicatesse ses couleurs sur une page de missel. Garin fixa vivement le carrelage à ses pieds, comme s'il venait d'y perdre quelque chose, histoire de se donner le temps de réfléchir. Son œil de lynx découvrit sur une bande verte, entre des carreaux représentant un poisson et une fleur, un morceau de ce fil de plomb à clore les missives. Il le ramassa en feignant le soulagement de l'avoir retrouvé.

– Sa Sainteté reçoit un visiteur en audience privée, déclara-t-il alors, et me demande de me tenir à sa disposition pour le cas où il y aurait un document à rédiger. Je reviendrai ensuite.

Géraud le foudroya du regard. Ahi ! Il aurait pu mieux choisir son mensonge, celui-ci sonnait comme une déclaration de guerre. Bon… Eh bien il allait de ce pas demander au Saint-Père une autre affectation.

Hélas – il aurait dû s'en douter – si on sortait facilement de la chambre du pape, il était moins évident d'y entrer. L'huissier se montra inflexible : il devait son poste à un dévouement sans faille et à une vertu à toute épreuve, et ne comptait aucunement ruiner sa réputation pour un obscur scribe. Garin en fut quitte pour patienter, et il en profita pour aller faire sa visite au tailleur.

Quand il réapparut dans la chambre de parement, le chapelain n'était plus là. Par la porte entrouverte, il l'entendait parler avec le pape, sans saisir ses paroles. Il attendit un moment près du feu qui ronflait dans la cheminée, puis, sans avoir l'air de rien, se rapprocha peu à peu de la porte. L'huissier lui tournait le dos, surveillant la salle d'un œil de propriétaire. Garin longea encore un peu le mur, jusqu'à se retrouver dans le couloir. La porte de la chambre bleue était ouverte, et il saisit clairement les paroles du pape :

– Tu possèdes toi-même sept bénéfices*. Au lieu de m'en demander un nouveau pour ton neveu, tu devrais lui en offrir un des tiens. Il t'en resterait encore six. Et d'ailleurs, tu n'as pas besoin d'autant, trois suffiraient à assurer tes dépenses. Le mieux serait donc que tu gardes ces trois – ceux que tu choisiras – et que tu me rendes les autres. Je les donnerai à de pauvres clercs qui en ont vraiment besoin. Tu ferais une bonne action.

Sambleu ! Le pape n'était pas du genre à distribuer à-tout-va les biens de l'Église, et le visage du chapelain au sortir de l'entretien en disait long sur son humiliation.

En quittant la chambre du pape, Garin ne devait pas présenter un visage beaucoup plus avenant. Oh ! on ne lui avait rien pris, naturellement, mais on avait foulé au pied tous ses espoirs d'assister discrètement au consistoire et, par là même, de savoir enfin ce que disait cette bulle... Ce qui aurait sans doute éclairé à son tour l'énigme du message codé.

Et que lui avait proposé le pape ? De mettre ses talents d'écriture au service de la cuisine !

La cuisine, il fallait le reconnaître, c'était un bon coin, seulement elle se trouvait à l'autre bout du palais. Il aurait mieux fait d'y réfléchir à deux fois avant de s'évader du studium.

Son écritoire lui battant furieusement le flanc, il passa

* Terres sur lesquelles le clerc (moine ou prêtre) perçoit les revenus.

dans l'immense salle nommée « grand tinel », où l'on donnait les repas de fête. Tous les dix pas, il devait exposer aux huissiers qui il était, d'où il venait et où il allait. Il ressortit par la première porte sur sa gauche et se retrouva dans un couloir dont les fenêtres surplombaient une cour fermée. Il le suivit jusqu'aux latrines – désertes à cette heure – choisit un des compartiments alignés le long du mur et s'assit sur le siège en pierre.

Évidemment, ça ne sentait pas très bon, mais ce genre d'endroit était ce qu'il connaissait de plus tranquille. Il posa son écritoire à ses pieds et sortit de son sac les dix sous que lui avait rapportés sa mission. Puis, tout en réfléchissant, il se déchaussa pour les glisser sous sa semelle intérieure.

Il avait à peine remis son soulier que la porte s'ouvrit. Apparemment surpris de trouver là un inconnu, le nouvel arrivant sursauta. Visage rond semé de taches de rousseur, cheveux blonds, raides et bien peignés, il devait avoir dans les vingt-cinq ans. Il s'installa dans le compartiment le plus éloigné et lança d'une voix forte, comme pour être sûr qu'elle franchisse les cloisons :

– Tu es nouveau ? Tu es scribe ? J'ai vu que tu as une écritoire. (Tiens, quelqu'un qui ne la prenait pas pour un autel portatif !) Je suis moi-même scribe. Je m'appelle Isnard et je travaille à la trésorerie. Et toi ?

– À la cuisine, dit Garin d'un ton sinistre.

– C'est plutôt mieux, jugea le connaisseur. La trésorerie, ça fait riche, mais on n'y manipule jamais un sou. Rien que de la paperasse et des chiffres. Tu te plais, ici ?

– Je viens d'arriver...

– Dommage pour toi, tu tombes mal. Tu serais venu il y a quatre ans, du temps du pape Clément, tu aurais vu ça ! Des fêtes tout le temps, des vêtements somptueux, des

repas inimaginables. (Il quitta son compartiment pour venir plus près, ce qui lui permit de baisser le ton.) Une fois, j'ai été invité à un festin dans la livrée d'un cardinal, à Villeneuve.

– On y invite les scribes ?

Isnard se mit à rire :

– Non... C'est que je suis aussi poète, et c'est le poète qui était invité. Pas à la table, évidemment, mais dans l'espace entre les tables, tu vois ce que je veux dire, pour les entremets*. Il en était prévu entre tous les services et, des services, il y en a eu neuf, chacun de trois plats, rends-toi compte ! C'était un temps béni. À un moment, on a apporté une forteresse entourée de gibier, dont un cerf avec ses poils, qu'on aurait cru vivant. Jamais vu ça. Après, on a distribué des cadeaux aux invités, des ceintures, des bourses pleines d'argent... Le pape Clément a eu un destrier blanc qui valait au moins quatre cents florins d'or. Ce cheval est toujours à l'écurie, d'ailleurs. Comme il est un peu fringant pour un pape, ce sont plutôt les chevaucheurs qui le montent.

Hein ? Lui, Garin, avait chevauché le cadeau de Clément ? Crédiou, et dire qu'il avait juré de ne rien dévoiler de sa mission ! Pour une fois qu'il aurait pu se mettre en valeur avec une histoire véridique !

– Au dessert, reprit Isnard, on a apporté deux arbres en argent, avec toutes sortes de fruits qui pendaient aux branches. C'est là que j'ai déclamé les vers. Pas les miens, malheureusement. On m'a demandé ceux de ce maudit Pétrarque. Un Italien. Il a vécu ici, il a même eu une histoire avec...

---

* Petits spectacles.

Il suspendit sa phrase.

– Avec qui ? s'intéressa Garin.

– Quelqu'un qu'il accusait d'avoir fait mourir son amie, la fameuse Laure de ses poèmes... Mais on n'est pas là pour parler de lui. Il me gâche assez la vie. « Ça ne vaut pas les sonnets de Pétrarque », me dit mon maître, la bouche en cul-de-poule.

– Ton maître n'est pas le pape ?

– Non. C'est un simple curé, mais il préfère vivre à la cour du pape plutôt que dans sa paroisse. Encore qu'aujourd'hui ce soit moins amusant... Tu aurais vu ça, du temps du bon Clément ! Il y avait même des femmes ici : ses nièces, leurs dames d'atours et leurs servantes. C'était d'une gaieté ! Aujourd'hui, avec ce pape rigide... Il paraît que l'heure est à l'économie, figure-toi. Il y a des cardinaux qui regrettent bien d'avoir voté pour lui, je te le garantis.

Comme tous les gens du peuple qui payaient pour les largesses des grands sans jamais en profiter, Garin n'arrivait pas à donner tort au nouveau pape. D'ailleurs, maintenant, il se sentait avec lui une certaine complicité et ne pouvait s'empêcher de se mettre de son côté. Surtout que ce « bon Clément » semblait vraiment envahissant.

– Et tu ne sais pas le pire, reprit Isnard.

Il s'interrompit net : le *Quoi ?* venait d'entrer.

8
Une bulle explosive

Isnard ne semblait pas non plus beaucoup aimer le *Quoi ?*, si bien que les deux scribes quittèrent aussitôt les lieux. La mort dans l'âme, Garin songea que le consistoire allait commencer et qu'il ne saurait pas ce qui s'y dirait.

... Comment ? Les cardinaux les plus importants de toute la chrétienté se réunissaient, et ils n'avaient pas convié messire Garin Troussebœuf ? Franchement scandaleux !

Il eut un rictus désabusé et regarda autour de lui. Un ancien cloître, apparemment reconverti en cour de ferme. Des poules picoraient entre les entassements de caisses et de tonneaux, et des oiseaux leur disputaient les miettes. Tout autour, courait une galerie dont les gros piliers portaient un étage. De cet étage, il connaissait déjà la partie qui allait du grand tinel aux latrines, et il savait parfaitement que, depuis là-haut, on avait vue sur la totalité de la cour. C'est pourquoi il remarqua la fenêtre entrouverte, et la silhouette qui se profilait derrière. Était-ce eux, qu'on surveillait, ou bien cette charrette, devant les cuisines ? Couronnant les murs, des créneaux se découpaient sur le ciel bleu et glacé, et Garin se sentit soudain comme enfermé. Depuis l'angle du cloître, au-dessus de leur tête, une cloche appela de sa petite voix fraîche.

– La convocation au consistoire, traduisit Isnard. Pour les cardinaux.

Pfff... Il valait mieux ne plus y penser. Garin s'assit sur l'escalier qui menait à la galerie supérieure et fit remarquer :

– Tu ne m'as toujours pas dit ce qu'était « le pire ».

– Le pire ? C'est que le pape trouve qu'il y a trop de monde au palais et veut renvoyer sur leurs terres ceux qui n'ont rien à y faire. Or mon maître est de ceux-là. Pour l'instant, il joue les sourds et s'arrange pour louer mes services à la trésorerie, dans le but de paraître utile... (Il s'interrompit et désigna des yeux deux damoiseaux qui longeaient le cloître.) Ceux-là sont menacés pareillement. Il paraît qu'on n'a pas besoin d'hommes de cour dans un palais pontifical. Pourtant, ventrebleu, un pape est un seigneur, il doit avoir une cour de seigneur ! Ah ! ça ne se serait pas passé ainsi du temps du pape Clément !

Sacré Clément...

– Et maintenant, grimaça Isnard, je devrais aller me perdre dans un trou boueux !

Garin était grand connaisseur en trous boueux, châteaux isolés, ports venteux, et il ne les détestait pas. Cependant, il ne crachait pas non plus sur la chaleur des villes.

– Oïa ! s'exclama soudain Isnard. J'entrevois une occasion de nous détendre un peu. Es-tu pressé d'aller prendre ton service aux cuisines ?

– Pas tant que ça.

Isnard regardait vers les fenêtres qui s'ouvraient au-dessus de l'étage de la galerie.

– Vois-tu, reprit-il, le difficile, dans ce palais, est de circuler. À cause de toutes les portes fermées en permanence.

– Et alors ?

– Des serviteurs s'affairent dans les chambres des hôtes, là-haut, et il y a des tapis roulés appuyés aux fenêtres.

– Et alors ?

– Tiens-toi prêt.

Ils attendirent en bas de l'escalier l'arrivée des valets qui descendaient les tapis sur leurs épaules, et leur emboîtèrent le pas. Ils passèrent un vestibule aux herses relevées, tournèrent dans un couloir et débouchèrent enfin dans une vaste cour grouillant de monde. Civils, religieux, notaires, clercs, juges, valets, écuyers, de tout.

– On est dans la cour d'honneur du palais neuf, expliqua son guide. Le beau palais, celui de Clément.

De Clément. Quelle surprise !

– Le palais vieux, poursuivit Isnard avec une grimace et un signe du pouce vers l'endroit d'où ils venaient, est celui de Benoît XII, un pape pas marrant, genre Innocent. Ça se voit à ses goûts.

Effectivement, les bâtiments qui entouraient le vieux cloître étaient moins élégants que ceux qui délimitaient cette cour. Garin reconnut à droite la porte principale, à laquelle il avait renoncé la veille.

Isnard souffla que le jour des tapis était un jour particulier, et qu'on allait emprunter l'escalier d'honneur, dont les portes ne s'ouvraient que rarement. C'était la partie la plus délicate du trajet.

Ils traversèrent la cour et, un peu tendus, ils pénétrèrent sous les arcades qui protégeaient à la fois une halte pour les chevaux des visiteurs et le pied du fameux escalier.

– Attends, chuchota alors Garin.

Il déposa son écritoire sur un petit banc de pierre réservé aux cavaliers qui avaient du mal à se hisser sur leur monture, et en sortit sa tablette de cire et son style. Puis il remit rapidement l'écritoire à son épaule et, suivant les porteurs de tapis, commença à prendre des notes d'un air pénétré.

Ils montèrent les premières marches d'un escalier majestueux où l'on aurait pu se tenir à dix de front. Avec grand sérieux, Isnard lui désignait, ici et là, des endroits sur les voûtes.

– Qu'est-ce que vous faites ici ? aboya un hallebardier en jaillissant d'un poste de garde percé dans le mur.

– Nous sommes chargés de comptabiliser les... (Garin faillit dire « crottes de mouches », mais ça ne ferait pas sérieux.) ... *pikou panèz.*

C'était un mot breton qui signifiait « taches de rousseur », et qui eut l'effet escompté : de peur de trahir son ignorance, le sergent retira la hallebarde avec laquelle il leur barrait le chemin.

Sur le premier palier, d'autres gardes les observèrent d'un air circonspect, sans plus. Une volée d'escalier plus haut, ils étaient devant la porte de la grande chapelle. En face d'elle, s'ouvrait la fenêtre de l'Indulgence d'où, les jours de fête, le pape bénissait les fidèles massés dans la cour. Ils traversèrent l'étage pour emprunter un autre escalier, nettement plus petit, passèrent devant la porte

fermée de ce qu'Isnard appela « le promenoir », et débouchèrent sur les terrasses. Malgré le grand soleil, la morsure du vent les saisit.

D'ici, la vue était stupéfiante. Des plaines, des montagnes, des fleuves, le vaste monde. Et puis les toits du palais tout hérissés de créneaux, les terrasses, les tours, le clocheton du vieux cloître, la tourelle supportant l'horloge...

Les serviteurs déroulèrent les tapis et, les installant à cheval sur les créneaux, ils se mirent à les battre.

– Redescendons, déclara Isnard qui commençait à claquer des dents. Si on se fait renvoyer parce que je ne suis pas au travail, mon maître va me tuer.

– Moi, je n'ai pas encore de maître, je reste un peu, répliqua Garin.

Il s'appuya ostensiblement aux créneaux et regarda, en bas, la ville pelotonnée dans ses murs. Les passants, dans la rue, paraissaient tout petits, on n'avait pas intérêt à tomber d'ici...

Dès qu'il se fut assuré qu'Isnard avait disparu, il s'arracha bien vite à sa contemplation. À dire vrai, il se gelait aussi. S'il était resté, c'est qu'il ne retrouverait pas si vite l'occasion de franchir les portes qui menaient ici, et ce n'était pas son genre de résister à la tentation de fouiner dans les lieux interdits.

Curiosité ?

Comment ça, curiosité ? Bien sûr que non, saint Garin, qu'est-ce que vous allez imaginer ? C'est juste qu'une bonne connaissance des couloirs, escaliers, fenêtres ou porte, peut vous sauver la vie.

Le palais pontifical ?

Et alors ? Est-ce une garantie de tranquillité ? Le pape lui-même craint d'être assassiné !

Garin descendit silencieusement un étage et jeta un coup d'œil sur la porte du promenoir. Cela se présentait comment, un promenoir ?

Il ouvrit discrètement.

Un promenoir était un très long couloir voûté où on parlait latin.

Où on parlait latin ?... Au centre, près de la cheminée, il y avait du monde. Deux personnes. Deux hommes en pourpre, des cardinaux. L'un était sûrement très sourd car, la main en cornet autour de son oreille, il demandait d'une voix forte :

– Que dites-vous ?

L'autre, nettement plus jeune, éleva le ton :

– Le Saint-Père a déclaré qu'il avait reçu une bulle d'or.

Il parlait lentement, en détachant les mots pour se faire entendre, ce qui arrangeait bigrement Garin pour ses traductions. Visiblement, le vieux cardinal n'avait pas assisté au consistoire.

– Un messager venant de Metz, précisa le jeune d'un air entendu.

Crédiou ! « venant de ». *Metz* ! Pas *messe* ! Il s'agissait de la ville !

– Là où sont réunis les princes du Saint Empire* ! s'exclama le vieux.

– Une bulle de l'empereur Charles IV en personne. Les princes ont décrété que le pape n'aurait plus le droit d'intervenir dans l'élection des empereurs allemands.

– Mon Dieu ! s'écria le vieux cardinal. Le pape ne contrôlerait plus le Saint Empire ?

---

* Il prit plus tard le nom de Saint Empire romain germanique.

Dans son émotion, il s'était mis à parler en français (ouf !). Le plus jeune reprit de même :

– Voilà un an que cette affaire couvait. Nous avions beau espérer, nous nous doutions que ça finirait ainsi. Et vous ne savez pas le plus stupéfiant : nous avons cru comprendre que le Saint-Père lui avait déjà envoyé sa réponse.

– Sans prendre notre avis ? Dieu de bonté ! Sans consulter ses cardinaux ? Il avait pourtant juré, comme nous tous, que, s'il était élu, il ne prendrait aucune décision seul.

– Il n'en fait qu'à sa tête.

– Et moi qui croyais, en lui accordant mon suffrage, choisir un être faible et malade...

– Il *est* malade.

– Mais pas sans volonté ! Et, de plus, il se montre intransigeant sur tout. Ah ! je regrette bien d'avoir contribué à l'élire.

Isnard n'avait pas tort, la situation ici paraissait tendue.

– Et en quels termes a-t-il répondu à cet impudent d'empereur Charles ? demanda le sourd.

– Personne n'a pu le savoir. Il est très ami avec l'empereur, et nous craignons qu'il ne lui passe cette insolence.

– Il faut vérifier sa réponse, s'emporta le vieux cardinal, n'oublions pas qu'il parle en notre nom à tous.

– Géraud, son premier chambrier, prétend n'avoir rien écrit pour Sa Sainteté. Toutefois, un scribe douteux venant d'on ne sait où, l'aurait fait.

Géraud, sale mouchard ! Et « scribe douteux » en plus !

Sans s'en rendre compte, Garin s'avançait de plus en plus dans le couloir pour mieux entendre. En se plaquant au mur, bien sûr. Seulement, quand la porte par laquelle il était arrivé s'ouvrit, il réalisa qu'il était pris au piège. Il saisit vite sa tablette de cire et contempla les voussures du plafond pour y détecter... les crottes de mouche.

L'homme qui venait d'entrer était également un cardinal. Son œil se figea et il contempla Garin sans un mot. Les deux autres se retournèrent. Comme c'étaient de saints hommes d'Église, ils ne menacèrent pas, et leur ton resta posé. Seuls leurs yeux le transperçaient.

– Le voilà donc, notre scribe, dit le jeune cardinal (sans ajouter « douteux, venant d'on ne sait où »). C'est toi qui aurais écrit la missive du Saint-Père ?

Les idées tournaient à toute vitesse dans la tête du scribe en question. Et quand le cardinal posa la question fatale :

– As-tu réellement écrit pour Sa Sainteté ?

Il comprit tout. Il répondit :

– J'ai écrit, cependant ma fonction m'interdit de révéler la teneur de la missive. Mon esprit ignore ce que ma main trace.

Il venait de se rendre compte que le pape lui avait fait écrire un courrier qui n'était que du vent, mais qui lui évitait d'avoir à mentir : il avait bel et bien écrit...

Quoi ? C'était une autre affaire.

On ne pouvait évidemment rien opposer à son argument, et les cardinaux n'osèrent pas insister. L'instant d'après, Garin était dans l'escalier.

Il avait quand même un don pour se mettre dans des situations impossibles. Il avait attiré la colère du *Quoi ?*, la méfiance du héron, la jalousie de la côte de Charlemagne et, maintenant, la vigilante attention des cardinaux.

« Nous avons cru comprendre » avait dit le cardinal. Ainsi, sans vraiment mentir, le pape avait laissé entendre qu'il avait répondu. Or il n'avait demandé de travail d'écriture qu'à lui, et ce travail n'était en rien une réponse à l'empereur.

Oui, mais ça, il était seul à le savoir.

Eh eh ! Il adorait le mot « seul ». Ça pourrait faire partie de son maître mot. Avec « *bouclier* », « *mystère* » et « *chevalier* », qu'il s'était déjà trouvés. « Seul, le chevalier au bouclier de mystère »... Pas mal ! Il faudrait l'essayer à la prochaine occasion, et on verrait s'il protégeait de tout, ainsi que le lui avait affirmé le vieux Simon, au château de Montmuran.

Au moment où il traversait la cour, il songea que la lettre au neveu n'était pas un code, juste un rideau de fumée. Qu'est-ce qui poussait Innocent à cette discrétion sur une affaire qui, aux dires des cardinaux, aurait dû être publique ?

Préoccupé, il n'aperçut pas les yeux qui, depuis la fenêtre de l'Indulgence, suivaient tous ses mouvements.

9

Une disparition préoccupante

En arrivant au cloître, Garin saisit une délicieuse odeur de poulet rôti qui lui aiguisa l'appétit. L'estomac en fête, il se dirigeait vers les cuisines quand il remarqua, près du puits situé sous la galerie, Isnard en train de boire dans le creux de sa main. Toujours pas au travail ? Faire semblant d'avoir soif n'était guère crédible par ce froid. Pas très imaginatif, ce garçon !

– Le trésorier est malade, expliqua le paresseux, j'en profite un peu, c'est humain. On est en train d'enregistrer les arrivées d'argent des établissements religieux de la chrétienté tout entière, et, crois-moi, c'est tuant.

– De la chrétienté tout entière ? Il doit y avoir un fameux trésor, ici.

– Pas tant que ça. Beaucoup de cet argent ressort aussitôt... (Il grimaça.) Le trésorier déteste ça. Il aime engranger, pas payer. Il cherche toujours à rogner sur les dépenses. Ce qui lui échauffe le plus les sangs, c'est le coût de la guerre d'Italie. Seulement Innocent tient à la financer pour qu'elle soit finie au plus vite et que la papauté se réinstalle à Rome. Remarque, moi, je n'aime pas payer non plus, parce que noter les sorties, c'est du travail supplémentaire. Et il est franchement déprimant de manier des chiffres sans jamais voir la couleur de l'or.

– Des chiffres sont des chiffres, observa doctement Garin. Tu n'as pas besoin de penser que c'est de l'argent, imagine que ce sont des asticots dans un fromage ou des renards dans un poulailler.

En arrivant dans le couloir des cuisines, il entendit des voix.

– Autrefois, disait l'une (celle du héron), les papes montraient plus de confiance à leur camérier. Sa Sainteté Benoît XII logeait le sien juste au-dessous de sa chambre. Moi, je suis exilé à l'autre bout du palais.

– Vous exagérez, mon oncle, vos appartements sont magnifiques. Si vous aviez ma chambre...

– Tu n'es encore que gardien de la vaisselle, Eudes. Patiente. Un jour... Mais je crois que nous avons un visiteur. Je ne sais comment il s'y prend, celui-là, pour se trouver toujours là où on ne l'attend pas.

Le *visiteur* s'inclina, un petit sourire aux lèvres.

– Garin Trousseparchemin, pour vous servir. Je cherche le maître d'hôtel...

– Il est souffrant, déclara le héron. Le gardien de la vaisselle, que voici, le remplace.

Encore un malade ? Serait-ce une épidémie ?

Garin examina le dénommé Eudes d'un coup d'œil rapide et efficace. Un jeune clerc en habit brun et visage rose, tonsuré de frais, pas antipathique, trop bien nourri.

– Je suis envoyé par Sa Sainteté pour m'occuper des écritures, l'informa-t-il.

– Ah ! Enfin quelqu'un pour enregistrer les livraisons !

– Quel genre de livraison ? s'inquiéta Garin qui redou-
tait déjà un chargement de poisson, dont la simple vue lui
donnait des boutons.

– Voyons... les anguilles...

Ahi ! Exactement les traîtresses qui, cuisinées en matelote, lui avaient un jour couvert le corps de plaques
rouges et cuisantes.

– ... sont arrivées de Cintegabelle ce matin. (Ouf !) La
volaille aussi. Ne sont pas encore passés : le moutardier,
le poivrier et le tripier.

– Et le fabricant de bouteilles, ajouta le camérier.

– Bouteilles, moutarde, tripes, soupira Eudes, voilà
tout ce qu'on livre maintenant. Je regrette le temps où
arrivaient des fournées entières d'orfèvrerie, des hanaps
d'argent, des plats ouvragés, des tasses en or... Et puis les
fourrures, les chasubles... Vous rappelez-vous, mon
oncle, le jour où nous avons réceptionné une livraison de
quarante draps d'or venant de Damas, et qui avaient été
tissés par des Sarrasins ? Ce temps est révolu, hélas !

– Justement, déclara le camérier avec sévérité, nous
n'en avons plus aucun besoin, puisque nos coffres sont
pleins.

Il se rappela soudain la présence de Garin et se tut. Il
saisit même la première occasion pour détourner
l'attention :

– Ah ! Je vois arriver le fabricant d'épingles. Je dois lui
parler d'urgence.

Et il sortit.

Garin déposa ses affaires près de la cheminée où
chauffait une grande marmite de soupe (sans rapport
avec les appétissantes odeurs de poulet qui embaumaient
la cour). Il sortit sa tablette de cire et annonça :

– J'inscrirai les entrées ici avant de les recopier sur le registre.

– Je vois que tu sais travailler, apprécia Eudes. Et c'est le moment d'en faire la preuve, j'entends une charrette.

Garin était dans la cour du cloître, en train de noter que le charretier, arrivant de Montpellier, apportait des couleurs pour les fresques et de la cire pour les chandelles, lorsqu'il fut subitement interrompu par un gosse qui, se plantant devant lui, déclara :

– Mon père est mort.

– Ah bon ! fit Garin surpris. C'est très triste.

– Je ne te dis pas que mon père est mort, je te demande si mon père est mort.

– Ah !... Tu me demandes ça, à moi ?

Il considéra le gamin avec incrédulité. Visage anguleux mangé par de grands yeux noirs, mâchoire un peu trop étroite. Bien qu'il ne parût pas plus de six ou sept ans, sa gravité vous ôtait toute envie de plaisanter.

– Tu penses que je connais ton père ?

– Oui, il t'a confié sa boîte et son cheval.

Garin se sentit blêmir. Il détestait apporter les mauvaises nouvelles. Ceux qui les recevaient en voulaient toujours un peu au messager, même si celui-ci n'y était pour rien.

Gaillard, qui arrivait à ce moment pour aider à décharger, bougonna :

– Fiche le camp, Galopin, laisse travailler.

– Tu t'appelles Galopin ? s'étonna Garin.

– Oui. Comme tous les aînés de la famille. On est tous chevaucheurs.

– C'est ce que tu seras aussi ?

– Oui. Comme mon père.

Le gosse parlait d'un ton sec et uniforme. On aurait cru qu'il avait peur de trop en dire. Le plus curieux était que son visage n'exprimait aucun sentiment.

– Je suis désolé, reprit Garin sans égard pour Gaillard qui multipliait les soupirs d'agacement. Ton père est mort bravement, en vrai chevaucheur, en s'assurant que sa mission serait remplie. Je lui ai fermé les yeux. Il est maintenant assis avec les justes, à la droite de Dieu.

Pour ça, il s'avançait un peu, mais ce n'était pas son genre de lésiner sur les détails, surtout s'ils pouvaient consoler.

Le gamin le regarda sans ciller, puis il opéra un demi-tour rapide et s'éloigna. Un court instant, Garin avait cru voir une lueur de désespoir dans ses yeux.

– T'occupe pas de ce gosse, lâcha Gaillard en regardant le petit disparaître du côté de l'écurie. Il porte la poisse.

Il fut interrompu par la petite cloche qui sonnait gaiement au-dessus de leur tête. Cette fois, c'était le repas. Aussitôt, toutes les cloches de la ville se mirent à carillonner qu'il était midi. Le charretier eut beau protester qu'il était pressé de repartir, il dut prendre son mal en patience.

Garin emboîta le pas au sonneur de cloche qui revenait de sa mission. Serviteurs, ouvriers, panetiers, jardiniers, bouteillers arrivaient de partout. C'est alors qu'il se passa une chose étonnante : la cloche sonna une seconde fois.

Le sonneur en titre n'avait aucune explication à cette incongruité et, le nez en l'air comme si la nouvelle devait, elle aussi, tomber du ciel, ils attendirent en silence.

Le bruit parvint jusqu'au cloître au moment même où les gardes se mettaient en position aux portes pour boucler totalement le palais : la nef du pape avait disparu.

On se regarda tous avec stupéfaction et un peu de crainte. Garin crut sur le moment qu'il s'agissait d'un bateau.

Ce n'était pas le cas.

10

Pas rassurant !

Ce qui intrigua Garin fut le bouleversement qu'affichait le dénommé Eudes, gardien de la vaisselle. Y avait-il de la vaisselle précieuse à bord du bateau ?

Glanant çà et là des renseignements, il finit par comprendre que cette nef n'avait rien à voir avec la navigation. Il s'agissait en réalité d'une boîte précieuse contenant le couvert du pape, son sel et ses épices. Il crut alors à un vol crapuleux. Il était encore très loin de la vérité. Car la nef renfermait aussi – et surtout – la proba.

Proba, en latin, signifiait « preuve ». Preuve de quoi ?

Il apprit enfin que la proba était un ensemble de langues de serpents possédant le pouvoir de s'agiter au contact des aliments empoisonnés, que celle-ci avait été offerte au pape par le roi de France, et que tous les grands de ce monde en possédaient une. Impossible de savoir à quoi elle ressemblait, puisque personne ne l'avait jamais vue, sauf Eudes, qui refusait d'en parler.

On en savait davantage sur la nef – en argent – dans laquelle elle était enfermée, et qui arborait la forme d'un char à deux roues.

Garin observa les visages autour de lui. Béranger semblait effrayé, les marmitons n'osaient prononcer un mot,

Isnard paraissait abîmé dans une contemplation intérieure, et Eudes arpentait la cuisine, au comble de l'énervement. Enfin, le gardien de la vaisselle quitta subitement la pièce pour pénétrer dans celle d'en face, et Garin ne résista pas à l'envie de lui emboîter le pas.

La bouteillerie, où ils se trouvaient maintenant, contenait évidemment des bouteilles, mais elle était aussi encombrée de balances, de sacs, de récipients et d'outils de toutes sortes. Sans compter les toiles d'araignées et les crottes de souris.

– Je peux vous aider ? demanda Garin.

Aucune réponse. Le jeune clerc fouillait dans un coffre à vaisselle. Pensait-il que la proba aurait pu simplement être rangée dans un coffre qui n'était pas le bon ? Apparemment frappé par une autre idée, il abandonna tout et gagna l'escalier. Garin suivit. Excellente occasion pour visiter la cuisine haute, où le fricot était peut-être meilleur que celui d'en bas.

La délicieuse odeur de poulet ne venait pas non plus d'ici. Les trois cuisiniers qui s'affairaient devant l'énorme entonnoir de la cheminée préparaient pour le personnel des administrations... une matelote d'anguille. Ahi ! quelle horreur ! Le fumet alléchant provenait sans doute de la cuisine privée du pape, dont Garin avait eu, la veille, le bonheur de goûter la production. Il soupira. Maintenant qu'il n'avait plus de secret à conserver, on se moquait bien qu'il mange des courants d'air en papillote. Quelles étaient les fonctions bénies qui permettaient de profiter de la cuisine privée ?

– Qui mange à la table du pape ? s'informa-t-il tandis qu'ils passaient dans le dressoir, un réduit occupé par une vaste cheminée.

Eudes crut certainement que Garin menait une enquête pour découvrir le voleur de la nef car, tout en ouvrant un coffre de vaisselle précieuse, il répondit :

– Ça dépend. Aujourd'hui, Sa Sainteté reçoit les cardinaux, les chapelains, le camérier et les chefs des différents services.

– Rien que des religieux, nota Garin, déçu de ne pas pouvoir en être (mais pas décidé pour autant à se faire moine).

– Il a aussi invité d'autres personnages importants. Jean de Louvres, le maître d'œuvre, ou des artistes comme Matteo Giovannetti, le peintre.

Garin connaissait deux ou trois bricoles concernant le premier (il était en train de bâtir une nouvelle tour, avait expulsé le porteur d'eau et fui pendant l'épidémie), aucune sur le second. Est-ce qu'un scribe écrivant proprement pouvait être considéré comme un artiste ? Le contraire serait très injuste mais, il fallait se rendre à l'évidence, l'injustice menait le monde.

Le gardien de la vaisselle sortit du coffre deux grands flacons émaillés, un bassin d'argent doré, une aiguière truffée de saphirs, un gobelet d'or marqué d'armoiries et, enfin, une coupe en argent, sans aucun décor, qu'il posa sur le côté. Il remit les objets dans le coffre, sauf la coupe.

– **Par** mesure de prudence, murmura-t-il, il vaut mieux changer la coupe du goûteur. Oh ! Dieu de bonté, que nous arrive-t-il ?

Il referma le coffre à clé et, sans plus prêter la moindre attention à Garin, passa dans le grand tinel.

Quand Garin regagna la cuisine d'en bas pour profiter des fèves au lard, tout le monde était déjà attablé. Tout le monde sauf Galopin le jeune, qui se servait directement au chaudron. Garin se saisit d'un grand bol de bois et s'approcha avec l'intention de lui adresser la parole, mais le gamin eut aussitôt un mouvement de repli et, emportant rapidement son plat, quitta la pièce sans un mot.

Les conversations étaient si passionnées que Garin renonça à poser des questions. Il s'assit à une place libre, un endroit où, malheureusement, les tréteaux rentraient dans les genoux. Ce n'était pas par hasard que la place était libre. *Pendant que tu cours après les sirènes, un autre s'occupe de ta fiancée.* Vieux proverbe gascon traduit de l'aragonais.

La tablée était en train de se lamenter sur la disparition de la proba, qui était beaucoup plus catastrophique que Garin ne l'avait imaginé : sans sa proba, le Saint-Père n'avait plus aucune protection contre les poisons. Or les ennemis ne lui manquaient pas, il pouvait en témoigner. La seule protection du Saint-Père était maintenant celle du goûteur, efficace contre les poisons à effet immédiat, mais uniquement contre eux.

Son cœur se serra. Le pape était en grand danger !

Le gros cuisinier, Béranger, s'épongeait le front avec un torchon. Si on empoisonnait le pape, les premiers soupçonnés seraient les gens de cuisine. La disparition de la proba était-elle une simple malhonnêteté ? Un acte prémédité qui préparait le drame ? Qui avait fait le coup ?

La conversation s'emballa. Certains croyaient à une manœuvre des Italiens pour impressionner le pape et l'obliger à rentrer à Rome, d'autres à celle d'un clan qui manigançait sa mort pour permettre une nouvelle élection. On imagina aussi des causes plus rassurantes – le cas d'un chien tenté par les langues de serpents – mais on n'y croyait pas trop.

En raison des débats suscités par cette affaire, on ne reprit le travail qu'en milieu d'après-midi, et le charretier qui arrivait d'Arles avec du suif et du blé eut bien du mal à trouver quelqu'un pour décharger.

Les heures s'égrenaient et on n'avait toujours pas de nouvelles de la proba. La garde avait été doublée aux portes, on fouillait soigneusement tous ceux qui sortaient et on avait entrepris d'inspecter le palais de fond en comble.

Garin recopia sur le registre ce qu'il avait noté sur sa tablette : le blé, le suif, les couleurs, la cire, les quartiers de porc, les olives. Finalement, dans les cuisines, on n'était pas mal. Il y régnait une douce chaleur et, chacun saisissant le moindre prétexte pour y passer, on était très vite au courant de tout. C'est ainsi qu'il sut que le gardien de la vaisselle avait été convoqué par les autorités, puis le fourbisseur chargé du nettoyage des objets en métal précieux ; qu'un plâtrier s'était luxé l'épaule (sans rapport avec l'affaire) et que le flan au lait du pape avait un peu brûlé (excusable).

Garin commençait à connaître son petit monde quand un nouveau venu pointa son museau à la porte. Il était assez vieux, habillé comme un artisan et portait un grand sac sur l'épaule.

– Je ne comprends pas ce qui se passe, dit-il, on m'interdit l'entrée du palais neuf. Il paraît que je dois rester ici.

– C'est à cause de l'affaire, expliqua Béranger.

Et il retraça toute l'histoire depuis le tintement de la cloche, et en insistant bien sur sa surprise (qui ne pouvait faire de lui qu'un innocent). Garin mit ce temps à profit pour observer l'homme à la dérobée et tenter de détecter sur son visage une éventuelle mauvaise intention.

– Que veniez-vous faire ? questionna-t-il enfin.

– Broder, s'exclama l'autre comme si cela tombait sous le sens. Tu es nouveau ? Tu as devant toi un représentant de la dynastie des Frezenchi. Toute broderie de ce palais, rideau, bannière, écusson, couverture de selle, drap d'autel, sort de nos mains.

Garin allait se lancer dans sa grande spécialité, la broderie en histoires et balivernes, quand l'autre ajouta :

– Bien peu ici en savent autant que moi sur les dessous de ce palais.

– Que veux-tu dire ? interrogea le cuisinier en cessant un instant de briquer nerveusement ses plats.

– Que cette histoire (il baissa la voix) m'en rappelle bien une autre... Une qui remonte à une quarantaine d'années, mais dont je me souviens comme si c'était hier. J'avais quinze ans.

– Ah ! Et... ?

– C'était du temps du pape Jean XXII. On avait arrêté un gars qui n'était pas d'ici et qui, pourtant, transportait des sacs de pains. Or, le pain vient rarement de loin... Et il n'était pas boulanger ! En fait de pain, son sac contenait des flacons de poison et des statuettes de cire lardées d'épingles ensorcelées, pour un envoûtement. Et, tenez-vous bien, sur l'une d'elles était inscrit en latin : « Que le pape Jean, et non un autre, meure ». Et, sur d'autres, les mêmes mots, mais pour des cardinaux.

Voilà le genre d'écritures qu'on n'avait jamais demandé à Garin. Encore heureux, parce que si on refusait ce genre de travail...

– Sacredieu ! lâcha le cuisinier.

– Peu après, reprit le brodeur, un cardinal, neveu du pape, est mort sans raison. Un dont on n'avait pas intercepté la statuette.

Crédiou ! Si on refusait ce genre de travail, on pouvait bien se retrouver avec son effigie percée d'aiguilles, avec les mots : « Que Garin Troussebœuf, et non un autre... » Ahi !

– Il paraît même (le brodeur baissa le ton) qu'on a surpris récemment, à Toulouse, de grands personnages en train de découper la chair d'un pendu pour pratiquer des sortilèges.

Un frisson passa sur les auditeurs.

– Tu crois que le vol de la proba... demanda Béranger d'un ton réticent.

– C'est le malheur garanti sur le palais, lâcha l'oiseau de mauvais augure. Si le pape est empoisonné, je ne donne pas cher de ta peau ni de celle des autres cuisiniers. Le bûcher assuré.

C'est cet instant que choisit l'autre porte, celle du jardin, pour s'ouvrir brusquement, faisant bondir les cœurs.

Ce n'était qu'un blanchisseur, qui rapportait une pile de torchons propres. Un peu surpris par l'accueil, il n'osa rien dire et se dirigea vers le coffre à linge.

– Quoi ? s'emporta Béranger. Tu me poses les torchons frais lavés sur le dessus ? Dans ce cas, je prends toujours les mêmes, et ceux du fond ne servent jamais !

– Excuse, répliqua l'autre d'un ton qui ne s'excusait aucunement, je pensais à autre chose. D'ailleurs, c'est la dernière fois que je t'apporte le linge. Maintenant, tu pourras en houspiller un autre.

– Tu pars ?

– Mon maître est renvoyé à son abbaye, et je ne suis pas mécontent de quitter ce piège à rats. Cette affaire de proba risque d'en faire trembler plus d'un.

– Oui, lâcha Béranger en se forçant à ne pas comprendre l'allusion. Quand je pense qu'il y a un voleur parmi nous...

Sûr qu'il entendait déjà ronfler le bûcher.

11
Livraison mystère

– Où est-ce que je couche, ce soir ? s'informa Garin.

– Tu n'as qu'à retourner là où tu as couché hier, répondit le cuisinier d'un ton rogue.

– Impossible, c'était dans la chambre du pape.

L'information paraissait fort honorable et, pourtant, au lieu d'être impressionné, Béranger devint méfiant.

– Ah bon ? Et pourquoi t'a-t-on renvoyé des appartements pontificaux ?

Ça, c'était un peu fort ! Au lieu de saluer l'honneur qui lui avait été fait, il ne percevait que le déshonneur du changement !

Le cuisinier ajouta sournoisement :

– On aurait pu voler la proba pour se venger du pape...

– Possible, répondit Garin comme s'il n'imaginait pas qu'on le soupçonnât, j'en connais pas mal qui pourraient lui en vouloir. J'aurais dû rester auprès de lui... Seulement, quand on m'a informé que le maître d'hôtel était malade et qu'on avait furieusement besoin d'un nouveau scribe à la cuisine, je n'ai pensé qu'à rendre service.

Pas mal. Il avait réussi à reprendre le beau rôle. Il enfonça discrètement le clou en murmurant comme pour lui-même (mais assez fort pour que le cuisinier l'entende).

– Si j'étais resté, j'aurais certainement pu éviter cette catastrophe. À cette heure...

Il prit un visage gravement préoccupé et, quand le cuisinier lui demanda comment il aurait pu s'opposer au vol, il se contenta d'arborer un air mystérieux.

Eh eh... Béranger était maintenant persuadé qu'il en savait beaucoup plus qu'il n'en disait. Il ne résista pas au plaisir d'ajouter :

– Je ferai malgré tout mon possible pour être là demain... d'un ton laissant entendre qu'il pouvait être appelé dans des sphères autrement importantes.

Et il se dirigea vers la porte. C'est alors qu'ils perçurent un frottement contre la cloison.

– Il y a quelqu'un à côté ? s'inquiéta Béranger. Va donc voir.

Garin faillit protester qu'il était aux écritures, pas à l'inspection des arrière-cuisines, et proposa finalement :

– Contre une part de tarte ?

– D'accord, acquiesça le cuisinier de plus en plus tendu.

Garin entrouvrit la porte. La resserre était déserte. Il se pencha à l'extérieur et, là, il eut une impression de rouge, du côté de l'escalier. L'instant d'après il n'y avait plus rien.

Garin gagna la galerie sud et grimpa les trois marches qui menaient au logement des serviteurs, un immense espace divisé par des cloisons, sans l'ombre d'un décor sur le mur et encore moins de tapis vert à fleurs rouges sur le sol. Des paillasses à trois ou quatre places faisaient office de lits, et quelques perches plantées dans le mur étaient censées suffire au rangement des vêtements.

– Oh ! interpella Isnard en le voyant passer, il reste une

93

place ici, si tu veux. Je te la conseille parce que, d'ici peu, tu auras tout le matelas pour toi.

– Tu t'en vas ? fit Garin en le soupçonnant d'avoir des choses à se reprocher.

– Mon maître est renvoyé dans sa paroisse. Et, cette fois, le pape tient à être obéi, il a pris les grands moyens : il a menacé d'excommunication tous ceux qui ne partiraient pas sur-le-champ. On a deux jours pour faire nos bagages.

Excommunication ! Évidemment, si on n'avait plus le droit de recevoir les sacrements, la porte du paradis vous claquait au nez. Ça devenait grave.

– Ce n'est pas mal, la campagne, remarqua-t-il d'un ton consolant, l'air y est meilleur en cas d'épidémie.

– L'air de la campagne me donne des éternuements.

– Il y a de jolies jeunes filles.

– Ici aussi. Je veux dire... dans la ville. Une, en particulier, que ça m'ennuie de quitter.

Garin songea soudain à Jordane*, et il se demanda avec un serrement de cœur ce qu'elle était devenue. Elle aussi était passée bien près du bûcher. Il revoyait son regard de bête traquée et, par association d'idées, songea à d'autres yeux pleins de mystère.

– Tu connais le fils du chevaucheur, Galopin ? demanda-t-il.

– Euh... oui. Enfin, si on veut. Personne ne le connaît vraiment. On l'évite, il porte malheur. (Isnard baissa la voix.) On dit qu'il est le fils du diable.

– Oh ! Vraiment ?

Isnard se mit à chuchoter.

---

* Dans *L'Hiver des loups*.

– Il est né pendant l'épidémie, à l'instant même où sa mère expirait. Ça n'a paru naturel à personne, surtout qu'il aurait dû mourir aussi. La preuve qu'il y avait quelque chose d'anormal, c'est qu'aucune nourrice n'a voulu l'allaiter.

– C'est surtout, observa Garin en chuchotant aussi, la preuve que la fonction de nourrice ne protège pas de la bêtise.

– Il est toujours facile de ricaner quand on ne sait rien, grommela Isnard. En attendant, je te conseille de te tenir loin de lui.

C'est aussi ce qu'on lui avait dit au sujet de Jordane. Pauvre gosse...

« Pauvre gosse » ? Ça lui rappelait le « Pauvre petit » prononcé par le pape. Ce n'était pas du chevaucheur qu'il parlait, mais de son fils ! Un gamin qui, en perdant son père, avait perdu son seul soutien.

Garin se sentit plein de reconnaissance envers Innocent, qui renvoyait les courtisans et s'inquiétait d'un gamin malheureux. En tout cas, le Saint-Père, lui, ne prenait pas Galopin pour un suppôt de Satan. Or il était le plus proche de Dieu sur la terre, et donc le meilleur connaisseur en diable.

– D'ailleurs, lâcha Isnard, c'est un gosse qui fait froid dans le dos. Il ne sourit jamais.

Tu parles ! Il n'avait pas dû avoir de grandes raisons de se réjouir dans son existence.

Au matin, quand Garin sortit du logis des serviteurs, il remarqua un chariot bâché qui sentait délicieusement la cannelle. Les deux conducteurs, vêtus de costumes chamarrés, avaient le physique particulier des habitants du Levant qu'il avait si souvent croisés à Venise. Ils arrivaient d'Orient avec de la soie, du sucre, de la cannelle, du gingembre, du girofle et du safran, et Garin en oublia ses préoccupations. Les pays du Levant ! Il se prit à rêver de turbans de soie, de ruisseaux d'or et de palais somptueux.

Le chariot repartit et fut remplacé par une charrette à bras qui livrait des choux et une centaine d'œufs qui lui brouillèrent les rêves... Bah ! Les œufs brouillés, c'était quand même très bon.

Suivirent des serruriers, pour lesquels il eut à noter l'entrée de quatorze serrures qui devaient remplacer, par mesure de prudence, toutes celles des pièces donnant accès aux appartements privés du pape. Plus soixante clés, en moyenne quatre par porte. Ça pouvait faire quatre suspects pour chaque porte ouverte illicitement.

Allons! Voilà qu'il voyait le danger et la traîtrise partout! La proba avait peut-être simplement été abîmée par un serviteur maladroit, qui n'avait alors plus osé la présenter devant le pape. Crédiou, si on pouvait la retrouver, ça rassurerait bien tout le monde!

La livraison suivante fut un lot énorme de tissu vert pour les futurs uniformes d'été, et Garin accompagna le portefaix chez le tailleur, qui, justement, le demandait pour un essayage. Il apprit chez ce dernier que ce sacré pape Clément avait cru bon d'opter autrefois pour des couleurs plus chatoyantes, mais que – fort heureusement – Innocent en était revenu au vert couleur apaisante pour les yeux.

En rentrant à la cuisine pour recopier sa liste, Garin trouva Béranger abattu. Il avait passé la nuit à imaginer des torches enflammées qui s'inclinaient vers les fagots entassés sous ses pieds. Si par malheur le pape était empoisonné, les cuisiniers seraient sous le premier feu (c'était le cas de le dire). En tête, le maître queux personnel du Saint-Père, puis les autres chefs. Ensuite les rôtisseurs, les sauciers, les marmitons, les gâte-sauces, les panetiers, les pâtissiers, les échansons, bref tous ceux qui avaient à voir de près ou de loin avec les aliments.

Et les scribes de cuisine? Ahi!

– Je ne donne pas cher de la peau de ces petits prétentieux de la cuisine privée du pape, observa Béranger d'un ton aigre.

Voulait-il se rassurer de n'être pas le plus exposé?

– Il est parfois confortable d'être un obscur, remarqua Garin qui s'y connaissait fort bien en obscurité.

– Oui. Si j'avais su, j'aurais accepté la place à la pignotte, l'aumônerie des pauvres. Un emploi moins flatteur, mais aussi moins risqué. Sans compter que personne ne s'y plaint jamais de la qualité des plats. Oui, j'aimerais mieux préparer les trois cent soixante-cinq repas quotidiens des pauvres, que les quarante dont j'ai la charge ici.

– Les pauvres ont de vrais repas ?

– Nous sommes dans la demeure du représentant de Dieu sur terre, s'exclama Béranger en se redressant comme s'il était à l'origine de ces bienfaits. Nous ne pouvons pas faire moins. Et je ne compte pas les distributions de vivres, les pains, les fromages, le vin, les vêtements, les souliers...

Garin commençait à comprendre pourquoi il y avait tant de crève-la-faim dans les rues : Avignon était une aubaine pour eux. Il repensait au mendiant quand Gaillard entra avec les deux grands paniers d'œufs apportés par la charrette.

– Qu'est-ce que c'est que ça ? s'inquiéta brusquement Béranger. Je n'ai pas commandé d'œufs !

– Ah ! Moi, je livre, je ne ponds pas, observa Gaillard. Et il éclata de rire à sa subtile plaisanterie.

Béranger ne riait pas du tout. Il demanda à voir la commande et dut se rendre à l'évidence : il y était bien noté « dix douzaines d'œufs ». Sauf que ce n'était pas de sa main (il ne savait pas écrire), ni de celle du maître d'hôtel, ni de celle du gardien de la vaisselle qui le remplaçait. Il eut un regard un peu effrayé vers Garin. Ils venaient de penser tous deux à la même chose : les œufs faisaient partie des ingrédients de la sorcellerie.

12
À vous dégoûter un goûteur

– Le déjeuner aura lieu dans le grand tinel, annonça le gardien de la vaisselle.

– Pourquoi ? demanda précipitamment Béranger. On n'est pas jour de fête.

Depuis qu'il craignait pour sa peau, tout lui semblait menaçant.

– Ordre du camérier. On change les lieux, ça peut désarçonner les malintentionnés. Aide-moi à monter ce coffre, Garin. Une vaisselle ordinaire sera bien suffisante pour la table des notaires. Ils mangent là-haut aussi, paraît-il.

Les notaires ? C'était un honneur dont ils se seraient certainement bien passés.

Eudes et Garin déposèrent le coffre dans le dressoir, où on avait allumé la cheminée pour tenir les plats au chaud. Par les ouvertures ménagées dans la cloison de séparation, on apercevait le grand tinel et son plafond bleu nuit constellé d'étoiles. Les valets commençaient à dresser les tables. L'une d'elles était déjà installée tout au fond, le long du mur, sur une estrade. Certainement celle du pape car, derrière, trônait une cathèdre* tendue d'un

---

* Chaise d'apparat, à haut dossier.

drap d'or et protégée par un baldaquin. Le héron et le *Quoi ?* discutaient à côté.

– Qu'est-ce qu'il fait là, celui-là ? s'exclama agressivement le maître de salle en l'apercevant.

– Garin m'a aidé à monter la vaisselle, expliqua Eudes.

– Ah ! Eh bien, maintenant, qu'il redescende en cuisine. Tout est assez compliqué comme ça.

Garin n'eut même pas le cœur de répliquer. Pour rien au monde il n'aurait voulu être à la place du maître de salle, pas plus qu'à celle du gardien de la vaisselle, ni des cuisiniers, ni d'aucun de ceux qui avaient la moindre responsabilité touchant à la personne du pape. Scribe, ce n'était finalement pas si mal. Sauf qu'il ferait mieux de se trouver un poste ailleurs. À la gestion des matelas ? À compter les coups de cloches annonçant midi ? À répertorier les puces sur la tête des chauves ?

En repassant devant la cuisine haute, il remarqua que la cheminée était pleine sur plusieurs hauteurs de viandes qui cuisaient. En bas, des oies ; en haut, des rôtis. Une armée de marmitons s'occupait d'éplucher les carottes, et le chef cuisinier fouillait dans un sac de pois secs. Pour une fois, il n'eut aucune envie d'entrer sur la pointe des pieds pour se débiter un petit morceau de rôti. Outre que la viande risquait d'être empoisonnée, approcher de la nourriture en catimini pouvait coûter la vie : une accusation vous tombait vite sur le coin du nez, et il n'avait pas la moindre envie de mourir avant d'avoir vu les pays du Levant.

En début d'après-midi, Garin s'offrait une petite sieste au coin de la cheminée lorsqu'il entendit un pas dans l'escalier. Jusque-là, rien de passionnant. Seulement, le pas se faisait de plus en plus lourd et hésitant. Un homme finit par apparaître à la porte, si saoul qu'il dut s'accrocher au montant pour garder son équilibre. Il tituba enfin jusqu'au banc, où il se laissa tomber et, là, il souffla :

– Je me sens mal... Préviens vite notre seigneur le pape.

– On ne va peut-être pas déranger Sa Sainteté pour ça, raisonna Garin. Un apothicaire ne vous irait-il pas mieux ?

– Non... non... Je suis... le goûteur... le goûteur du pape.

Crédiou ! Garin bondit sur ses pieds. L'instant d'après, il était dans le tinel. Malheureusement, il n'y avait déjà plus personne, que les serviteurs qui finissaient d'entasser les tables le long du mur, plateaux d'un côté, tréteaux de l'autre.

– Où est Sa Sainteté ? s'écria-t-il.

Deux hommes, en haute toque de velours et grand manteau noir, sortirent alors de la chapelle de gauche.

– Que veux-tu ? questionna l'un.

– Le goûteur est malade !

Les deux hommes accusèrent le coup.

– Je me rends immédiatement auprès de Sa Sainteté, déclara le premier en filant à grands pas vers l'autre bout de la salle. Pendant ce temps, voyez le goûteur.

Le second homme, une soixantaine d'années, barbe mi-longue scindée en deux, fit aussitôt signe à Garin de lui montrer le chemin.

– Pâleur, nota l'homme à voix haute en se penchant vers le goûteur, blanc de l'œil jaune...

– Vous êtes médecin ? s'étonna Garin.

– Je suis Guy de Chauliac, second médecin de notre

seigneur le pape, répondit l'homme sans interrompre sa consultation. Il faut emmener ce malade à l'infirmerie. Faites appeler Gaillard.

Décidément, ce Gaillard était préposé à tout.

La véritable infirmerie se trouvait, par malheur, à l'autre bout du palais ; aussi, quand Garin et Gaillard, soutenant le malade, y arrivèrent enfin, ils étaient épuisés. Dans la pièce – où veillaient des statues de saints et sans la moindre fresque – s'alignaient une dizaine de lits dont les rideaux avaient été fermés pour protéger les malades du froid. L'infirmier de garde, un religieux à l'air doux et triste, fit coulisser quelques rideaux et souffla enfin :

– Ici, il y a deux malades, mais l'un d'eux va rejoindre Dieu avant demain et ça fera de la place. Vous pouvez mettre le vôtre en surnombre.

Gaillard et Garin hissèrent le goûteur à côté d'un vieil homme qui claquait des dents. (D'après Chauliac, c'était signe de grande fièvre demi-tierce, d'autant que le malade avait perdu l'usage de ses jambes.) Le médecin se pencha sur le goûteur, lui fit ouvrir la bouche, lui tâta le ventre et lui posa de nouvelles questions. Après quoi il se dirigea vers une armoire pleine de fioles et de sachets.

– Aide-moi à confectionner de la thériaque, demanda-t-il à l'infirmier.

– De la thériaque ? C'est que... je n'en ai jamais préparé. Le droit en est si limité...

– Nous le prendrons. Contre le poison, je ne fais confiance qu'à elle. C'est la recette de Mithridate, qui en savait long sur le sujet, crois-moi. Elle n'aura pas le temps de macérer, mais tant pis, nous risquons d'en avoir grand besoin sous peu. Reste-t-il assez de chair de vipère ?

– C'est une saison où on a du mal à en trouver. Que se passe-t-il ?

– As-tu vu qui est le malade ?

L'infirmier se retourna et resta un moment suffoqué. Puis il marcha d'un pas décidé vers la table de préparation et décréta :

– Pour la thériaque, cinquante-sept ingrédients.

– Je peux les écrire à mesure, proposa Garin intéressé, je suis scribe.

103

Comme il le craignait, l'infirmier fit signe qu'il n'en était pas question. Dommage, il aurait adoré connaître le secret d'un produit si secret. Il allait s'approcher pour tenter de voir ce qu'on utilisait, quand il se sentit agripper le bras. C'était le goûteur, qui lui faisait signe de se pencher vers lui.

– C'est toi qui a repris la mission de Galopin ? souffla-t-il.

– Oui.

– Dans ce cas, reprends aussi la mienne. On ne peut pas laisser Sa Sainteté sans goûteur.

– C'est bien de l'honneur, protesta Garin, mais je suis scribe. Mon travail est de noter les plats, pas de les manger.

Et en plus, c'était vrai (malheureusement pour lui la plupart du temps, bien heureusement aujourd'hui).

– On gagne pas mal d'argent, insista le goûteur.

– Aussi, je m'en voudrais d'en priver quelqu'un.

Allons, voilà qu'il se sentait mal à l'aise, maintenant ! Ce qu'il détestait par-dessus tout était de paraître lâche à ses propres yeux. Pouvait-il refuser de sauver la vie du pape ?

Par chance, Chauliac sauva la sienne en déclarant qu'il était trop jeune pour qu'on lui confie cette responsabilité, et le renvoya à sa cuisine.

Il avait dû réfléchir pour retrouver le chemin de son coin tranquille, mais il y était arrivé sans trop d'encombre. En plus, il n'avait pas perdu son temps en route, il avait pensé à quelque chose...

À peine entré dans la cuisine, il demanda à Béranger :

– Où sont les œufs qu'on a livrés ce matin ?

– Dans la resserre à viande.

– Est-ce que quelqu'un en a pris ?

– Je ne sais pas. Aucun repas ne comportait d'omelette. Pourquoi ?

– Le goûteur a été empoisonné et, ces œufs, personne ne les a commandés.

Le cuisinier devint plus blanc que son tablier. Les lèvres tremblantes, il suivit des yeux Garin qui pénétrait dans la resserre, puis il entra derrière lui et bloqua la porte de son corps volumineux.

Non, il ne bloquait pas la porte. Il la remplissait seulement, sans mauvaise intention apparente. Soulagé, Garin commenta :

– Le panier est toujours là. Il a l'air intact, mais n'importe qui a pu prendre un œuf et le casser dans une sauce.

Il se mit à genoux et, sortant les œufs un à un du panier, il les compta.

Cent vingt. Ça faisait bien dix douzaines. Il n'en manquait aucun. Le cuisinier respira mieux. Garin, lui, moins bien, parce qu'il aurait été franchement rassuré de trouver la source du mal.

– Oh ! cria une voix venant du dehors. Livraison de Paris !

– Livraison de quoi ? s'inquiéta Béranger en regardant Garin comme si celui-ci pouvait le savoir.

Il ne s'agissait pas d'œufs, ni même de nourriture, car le chariot était encadré par quatre cavaliers armés jusqu'aux dents. Un magnifique équipage, tiré par deux chevaux noirs. Intrigué, Garin sortit.

– Je suis le scribe, annonça-t-il, qu'apportez-vous ?

Le convoyeur descendit de son banc.

– Belles étoffes d'Italie, mon ami. Mais presque tout le chargement est pour les marchands de la ville. Pour ici... (il relut la commande) trois pièces de drap d'or pour les vêtements sacerdotaux, six pots d'argent pour la table et une douzaine de broches d'or à manger.

– Des broches qui se mangent ? s'ébahit Garin.

– Des broches *avec lesquelles* on mange. Ceci.

Et l'Italien extirpa d'un sac un paquet d'étonnantes fourches miniatures, à deux dents.

– Et qu'est-ce qu'on mange, avec ça ?

– Les figues, par exemple, et tout ce qui est poisseux à prendre avec les doigts. Ça sert aussi pour les rôties au fromage : on pique le pain, et on fait fondre le fromage dessus, à la flamme.

– Les seigneurs, observa Gaillard en arrivant, faut toujours que ça complique. Dieu nous a donné des doigts pour manger, non ? Pourquoi qu'il nous faudrait d'autres doigts, en or, et beaucoup moins pratiques ? (Il tendit en avant ses mains énormes, pleines de cals et couturées d'anciennes blessures.) Ces mains-là peuvent tout. Elles ont brisé le rocher pour bâtir le palais, elles ont enlevé les déblais des portails, elles ont porté les pierres pour la belle porte des Champeaux, elles ont fait une herse pour la porte Notre-Dame...

– Elles vont peut-être enlever ceci ? plaisanta le convoyeur en désignant le coffre contenant la vaisselle d'argent.

– Elles font aussi le portage, reconnut Gaillard sans l'ombre d'un humour.

Et, sortant un coussin de sa chemise pour le poser sur son épaule, il ajouta :

– Et ces mains, elles sont aussi capables de porter une

tartine au hareng à la bouche, d'étrangler un gêneur, ou de prier Dieu.

Il souleva le coffre et le cala sur son épaule en décrétant .

– Ça, ça doit aller dans le Trésor. Il faut que je trouve le camérier, qu'il m'ouvre la porte.

Et il se dirigea vers la cour d'honneur.

« Trésor » était un mot très agréable, qui pourrait aussi faire partie d'un maître mot. Un trésor était souvent une bonne protection. Contre la misère, au moins. Qu'avait-il trouvé pour son maître mot, déjà ? « Seul, le chevalier au bouclier de mystère ». Garin chercha où glisser « trésor » là-dedans, mais finalement ça gâchait tout.

Lorsqu'il revint à la cuisine, il y trouva le maître queux personnel du pape. Le pauvre ! Si hier on l'enviait, personne aujourd'hui n'aurait voulu être à sa place.

– J'ai besoin de choux pour la soupe de ce soir, expliquait-il à Béranger, viens avec moi au potager. Si on est deux, on ne peut pas être accusé de manigances.

– Deux cuisiniers, fit Béranger avec une grimace. Il vaudrait mieux... Tiens, ce jeune scribe, là. Il a l'air de rien, mais il n'a pas froid aux yeux, prends-le avec toi.

Garin se demanda s'il devait retenir « l'air de rien » ou « pas froid aux yeux ». Sans compter que ce qu'on lui demandait ne l'enchantait pas le moins du monde. Si le pape était empoisonné, il n'avait aucune envie d'y être mêlé, ni de près ni de loin.

– Allons-y ! soupira-t-il.

Il avait échappé à la fonction de goûteur, il ne pouvait échapper à tout. « J'espère que vous m'en tiendrez compte, saint Garin, et que vous n'oublierez pas ça dans la colonne des entrées. »

13
L'ellébore de maître Élie

Le potager, Garin le connaissait déjà (il avait eu l'occasion de s'y faire quelques ennemis parmi les poireaux). Le temps s'était un peu réchauffé, mais des nuages envahissaient le ciel et la nuit viendrait tôt. Les cloches de la ville sonnaient on ne savait quoi, peut-être toutes des événements différents, d'ailleurs, enterrement, assemblée, office d'un monastère, tocsin ou angélus, c'était si entremêlé qu'on n'y comprenait rien.

À peine eurent-ils passé la porte que le cuisinier du pape arrêta Garin par le bras. Dans le potager, il y avait une silhouette. Petite. Pas celle d'un jardinier, celle d'un enfant : Galopin.

– Qu'est-ce que tu fais là, toi ? hurla le maître queux.

Le gosse sursauta et détala sans demander son reste. S'avança alors un homme carré d'épaules et brun de peau, qui venait des baraques en planches blotties contre le mur d'enceinte.

– Il ne fait pas de mal, dit-il en s'essuyant les mains dans un chiffon, il cherche des insectes pour les oiseaux de Sa Sainteté.

– Je n'aime pas le voir rôder, grogna le maître queux.

– Tu as la mine de qui aurait bu du vinaigre, plaisanta l'homme. Remarque que je comprends. Parce qu'un malheur va bien finir par arriver.

Le maître queux se signa vivement en chuchotant :

– Tais-toi donc, tu vas nous porter le guignon.

On entendit à cet instant un rugissement effroyable.

– Ça va, s'écria l'homme en se retournant vers les baraques, je viens !

Dans un enclos, le long du rempart, on apercevait un cerf et deux biches et, dans un autre, des sangliers. Ce ne pouvait être eux qui avaient rugi de cette façon !

– C'est le lion, expliqua le gardien des bêtes. Il faut que je lui apporte à manger. Je ne peux pas le laisser sortir, il fait trop froid, seulement ça l'énerve de rester enfermé toute la journée.

– Moi, je n'aimerais pas avoir affaire à ce genre d'animal, observa le maître queux.

– Ça fait vingt ans que je suis gardien des bêtes sauvages, répliqua l'autre, eh bien, si je me méfie des sangliers, des ours, des lions, et même des chameaux, je me méfie encore plus des hommes.

– Jamais je ne toucherais un cheveu de Sa Sainteté, s'exclama le maître queux, et c'est pourquoi j'ai toute sa confiance ! D'ailleurs, tout le monde le sait, je dois aux papes une éternelle reconnaissance. Mon père était maçon et, quand il a été tué sur le chantier de la Campane (il fit un geste vers le couchant, où veillait la tour de ce nom), Sa Sainteté Benoît XII a pris soin de nous. Il nous a donné des secours et il m'a fait entrer comme marmiton au palais. Je n'oublierai jamais ce que je dois aux papes !

Et il se redressa pour bien souligner la blancheur de neige de ses sentiments.

– Oui, oui. On sait… Et puis, si quelqu'un en veut à la vie du pape, ce n'est pas un cuisinier. Moi, j'ai mon idée.

– Quelle idée ? questionna le maître queux plein d'espoir.

– Il faut voir plus haut. (Il eut un geste, comme s'il se dessinait une coiffe.)

– La reine Jeanne ?

– Elle a été forcée de vendre Avignon aux papes, mais pas de gaieté de cœur, juste par besoin d'argent. Et je sais qu'elle est revenue voir Innocent pour lui en parler. J'ai tout entendu. Ils se sont installés près de la fontaine, sans faire attention à moi qui nourrissais les paons. Et ça ne s'est pas bien passé. Jeanne voulait revenir sur cette vente et récupérer sa ville. Elle affirmait que le pape Clément lui avait promis de la lui restituer contre remboursement quand elle le souhaiterait. Innocent n'a rien voulu savoir. Elle n'était pas contente, je vous le dis.

– Évidemment, s'emballa le maître queux, si quelqu'un en veut au pape au point de le tuer, ce n'est pas un modeste comme nous, c'est un grand de ce monde !

Le gardien des bêtes sauvages n'écoutait plus. L'air intrigué, il s'approchait du tas de fumier. Il y ramassa un morceau de toile, le sentit, grimaça, mais ne fit aucun commentaire.

Cette fois, c'était vêpres, qui avaient sonné, et toujours aucune mauvaise nouvelle. Ni du pape, ni d'aucun dignitaire. Personne n'avait été empoisonné au même repas que le goûteur. Seulement, maintenant, il n'y avait plus de goûteur.

Garin ferma son registre et considéra sa tablette. La cire s'usait vite. Malgré son sens de l'économie, graver et effacer finissaient par en réduire sérieusement la couche.

La cire, il en était rentré encore ce matin, cependant il n'était pas question d'en détourner la moindre parcelle, il fallait en quémander auprès du maître de la cire. Normal : mieux valait la surveiller, pour que personne n'aille y modeler une statuette qu'il suffirait ensuite de transpercer d'épingles pour sceller le sort d'un habitant de ce palais.

Des épingles ! Il en était arrivé la veille, Garin avait vu de ses propres yeux le fabricant venir effectuer sa livraison. Qui donc les avait commandées ?

Il en était là de ses réflexions quand Galopin pénétra dans la cuisine. Sans regarder ni à gauche ni à droite, il se dirigea vers le panier où un marmiton jetait à mesure les morceaux de pain qu'il tranchait, en prit un, puis alla se servir un bol de soupe et repartit.

Garin se leva et sortit derrière lui.

– Alors, tu as trouvé des insectes ?

Le gosse sursauta, comme ahuri qu'on lui adresse la parole.

– Il fait trop froid, répondit-il. Ils sont cachés.

– Tu les donnes aux oiseaux du pape ? Il te laisse entrer chez lui ?

Pour la première fois, les yeux du gamin s'éclairèrent.

– Oui, souffla-t-il. Mais il ne faut pas que Géraud soit là.

– Le premier chambrier ?

– Il ne veut pas me laisser entrer, ni dire au Saint-Père que j'attends. (Il jeta un coup d'œil à Garin.) Pourquoi tu as les cheveux en rayons de soleil ?

En rayons de soleil ? Garin éclata de rire. Lui, il aurait plutôt dit en pagaille, en gerbe de blé, en hérisson, en oursin, en écouvillon à nettoyer les fours.

– C'est sans doute, proposa-t-il, parce que je suis fils de la lumière. Je suis né au jour le plus long de l'année et le premier rayon du soleil a frappé ma tête à la sortie du ventre de ma mère.

Il n'avait évidemment aucune idée de la date de sa naissance, et savait encore moins s'il faisait beau ou gris ce jour-là. De toute façon, son arrivée sur terre n'avait pas été pire que celle de Galopin, il valait mieux parler d'autre chose.

– Tu sais que nos noms, à toi et à moi, commencent par les mêmes lettres ? fit-il observer.

– Je ne sais pas comment s'écrit mon nom, avoua le garçon.

– Les premières lettres sont « G » et « T ». *G*alopin de *T*aragne.

– Et toi, c'est quoi ton nom ?

– Moi, euh... Garin de Troussesilence. « G T » comme... Gare au Terrible !

– Alors moi, c'est comme Grosse Tache, dit Galopin.

– Quelle idée ! C'est comme Galant Tambour, Génial Torrent !

– Ou Genou Tordu.

– Galop de Titan, Grande Tablée.

– Plutôt Gâte Tapis.

Garin soupira. Ce gosse n'avait aucun don pour le bonheur.

– Il faut que je m'en aille, s'excusa Galopin de l'air de celui qui a abusé du temps d'autrui.

Et, sans rien ajouter, il s'éloigna vers les écuries.

Garin allait regagner la cuisine quand un garde l'avertit que le médecin, Guy de Chauliac, souhaitait lui parler, et qu'il se trouvait à l'infirmerie. Crédiou ! Et si le mal du goûteur était contagieux !

Quand Garin entrouvrit la porte, l'infirmier passait de lit en lit pour asperger les malades d'eau bénite. Il en aurait peut-être bien eu besoin, lui aussi.

– Pour calmer la soif, conseillait Chauliac, humectez sa langue avec du persil.

– Vous m'avez demandé ? émit Garin d'une voix qu'il jugea ridiculement étranglée.

– Ah ! Oui ! On t'a trouvé enfin !

– C'est urgent et grave ?

– Ni urgent ni grave. Tu m'as l'air dégourdi. Que dirais-tu de faire le scribe pour moi ?

– Ma foi..., souffla Garin à la fois très soulagé et pris de court.

– C'est un bon poste, insista Chauliac. Je suis maître en médecine de la faculté de Montpellier, pas un de ces

113

charlatans qui courent les rues et prétendent soigner sans rien avoir appris de l'anatomie.

Oui... Cependant l'infirmerie, c'était plus risqué et moins avantageux pour l'estomac que la cuisine.

– Sait-on ce qu'a le goûteur ? s'informa-t-il pour gagner du temps.

– Il ne mourra pas, répondit trop sobrement Chauliac. Alors, que décides-tu ?

– C'est que... le maître d'hôtel est toujours malade, et... (Une pensée le frappa.) Le maître d'hôtel et le trésorier sont malades. Est-ce que ce serait une épidémie ?

Le médecin secoua la tête.

– Nous sommes ici trois à quatre cents personnes, dont beaucoup sont âgées. Quelques malades, en hiver, quoi de plus normal ? Seize personnes en tout sont alitées, et....

La porte s'ouvrit à la volée et un homme minuscule, maigre comme un mulot par temps de famine, jaillit en criant :

– Mon ellébore a disparu !

14
Les secrets de l'apothicaire

À cause de cette histoire d'ellébore disparu, Garin dormit fort mal. Le mulot l'avait répété, c'était un poison redoutable, une herbe du diable qu'il valait mieux ne pas avaler par erreur. Et le mulot s'y connaissait, puisqu'il était, de son état, apothicaire du palais.

Comment l'ellébore était-il arrivé dans l'estomac du goûteur ? Pourquoi aucune autre personne n'avait-elle été touchée ?

Et si on avait juste voulu empoisonner le goûteur lui-même ?

Oui, mais comment, sans mettre les autres en danger ?

En... Voyons... En enduisant sa coupe.

Sa coupe ? Pourtant, Eudes l'avait changée juste avant le repas !

Au moment où Garin avait enfin réussi à s'endormir, les cloches conjuguées du palais et de la ville l'extirpèrent sans ménagement du sommeil. En tout cas, la nuit portant conseil, il avait pris sa décision : dans une cuisine, on était au meilleur endroit pour entretenir momentanément son estomac mais, auprès d'un médecin, on était au meilleur endroit pour entretenir durablement sa vie.

– Isnard, chuchota-t-il en secouant son voisin, ça te dirait, de rester au palais ?

– Hein ? Comment ?

– Comme scribe de cuisine, je te laisse ma place.

Il... faudrait que je donne ma démission à mon maître.

Et alors ? Tu lui es indispensable ?

– Euh... Non. Surtout maintenant que je ne lui sers plus à justifier sa présence au palais... Garin, tu as des idées formidables !

Formidables ? Ce pauvre Isnard était diablement empoté. Pas « dégourdi » comme lui. Il se préparait à suivre son maître, à quitter le palais et à abandonner la jeune fille à laquelle il tenait, juste parce qu'il n'avait pas pensé à chercher une autre solution !

Garin rit silencieusement. Lui, s'il avait attendu que la vie le prenne en charge, son quotidien serait une vraie misère.

– Lève-toi, dit-il, je vais prévenir Béranger du changement.

Il traversait le cloître quand une voiture arriva, menée par des convoyeurs habillés d'une horrible couleur caca d'oie.

– Je suis le scribe, informa-t-il aussitôt. (Il venait de rechanger d'emploi.) Qu'apportez-vous ?

Les deux convoyeurs répondirent qu'il s'agissait des tapisseries de Paris. Elles avaient pris du retard à cause de la précision de leurs mesures, qui devaient être exactement celles de la chambre du pape.

– Isnard, appela Garin, du travail pour toi !

C'est que les tapisseries n'étaient pas sa passion. Il saisit quand même le document que lui tendait le convoyeur. Crédiou, ce n'était pas une petite livraison ! Il nota rapidement sur sa tablette 15 tapisseries dans la colonne des entrées, et 429 écus d'or à verser dans celle des sorties. Quand le temps était aux économies !

Comme quoi, les mots avaient un sens à l'usage de chacun. Pour lui, « faire des économies » signifiait repriser les reprises des pièces cousues sur les trous de ses chausses.

Il tendit sa tablette à Isnard qui arrivait, en lui conseillant de bien vérifier la taille des tapisseries livrées. Belle corvée. Il fut content de n'être plus scribe aux livraisons.

En entrant dans la cuisine, il aperçut Béranger en compagnie du gardien des bêtes sauvages. Ils avaient l'air tout retournés.

– Que se passe-t-il ?

– Le premier et le deuxième médecin ont été appelés d'urgence au chevet du pape, dit Béranger.

Par saint Garin !

– Il faut que j'y aille, s'exclama-t-il comme si la santé du pape dépendait de lui. Un nommé Isnard, qui travaillait à la trésorerie, va prendre ma place ici, il n'y a pas de soucis à se faire. Moi, je suis engagé par le second médecin.

– Guy de Chauliac ?

– Euh... oui, fit Garin en redoutant soudain ce qu'on pourrait lui en dire.

– C'est sûrement un bon maître.

– Tu le connais ?

– Pendant la grande épidémie, il est le seul à n'avoir pas bougé de son poste. Il est resté avec le pape Clément et a soigné beaucoup de gens dans la ville. Un homme remarquable.

Eh bien, c'était déjà une bonne nouvelle !

– Si tu vas chez Chauliac, intervint le gardien des bêtes, dis-lui que j'ai trouvé ça sur le tas de fumier.

Et il lui tendit le morceau de toile de la veille.

– Qu'est-ce que c'est ? Un sachet ? Il est vide.

– Il a contenu de l'ellébore blanc.

– Crédiou ! Tu en es sûr ?

– Avant d'être à la garde des bêtes, je travaillais au jardin des herbes médicinales.

Garin monta l'escalier en courant. Dans le dressoir, le héron et un homme en costume de juge étaient en train de cuisiner... le maître de salle. Ils voulaient apparemment des renseignements concernant les mouvements qui s'étaient produits dans la salle pendant le repas où le goûteur avait été empoisonné.

– Ce n'est pas de ma faute, s'emporta le maître de salle, ces cloisons sont peut-être utiles pour que les hôtes ne soient pas mêlés à la préparation des mets, mais elles m'empêchent de surveiller. Il m'est impossible de suivre les serviteurs des yeux, et je ne peux être tenu pour responsable de rien !

Garin fila modestement le long du mur, traversa le grand tinel et se fit ouvrir la porte du bout sans difficulté. Les huissiers semblaient prévenus, et même celui qui veillait à la porte de la chambre du pape s'effaça pour le laisser passer. Petite satisfaction, dont ses tourments l'empêchaient malheureusement de profiter.

– Maître Chauliac n'est pas là ? chuchota-t-il depuis la porte.

Géraud, premier chambrier en titre, prit le temps de refermer le somptueux rideau du lit pontifical avant de toiser le scribe avec froideur et de condescendre à l'informer que le médecin l'attendait dans le cabinet de travail. Et il ajouta à voix basse qu'il se demandait quelle manigance le scribe avait encore inventée pour se faire admettre auprès du médecin.

La bave du crapaud n'atteint pas la blanche colombe.

Garin allait ouvrir la porte du palier quand il entendit :

– Ma... nigance ! Ma... nigance !

Crédiou, cet emplumé devrait peser ses paroles s'il tenait à la vie !

– J'ai fait aussi vite que j'ai pu, souffla Garin en pénétrant dans la chambre du cerf. Le Saint-Père a-t-il été touché ?

– Oui et non.

À la fois soulagé et surpris par sa réponse, Garin ne prit pas le temps de demander des précisions.

– Regardez ça, s'exclama-t-il en tendant le sachet. Le gardien des bêtes sauvages l'a trouvé sur le fumier et il prétend qu'il a contenu de l'ellébore.

– Mon ellébore, souffla l'apothicaire.

Le mulot famélique était d'une telle discrétion que Garin ne l'avait d'abord pas vu. On aurait presque dit qu'il se cachait. Il saisit le sachet et constata en lançant autour de lui des regards de bête traquée :

– Il est vide.

– Cesse de te tourmenter, Élie, personne ne pense que tu es coupable.

Le mulot eut une petite grimace entre ironie et angoisse et déclara :

– On voit que tu n'es pas juif, comme moi. Tu ne sais

119

pas de quoi les hommes sont capables. Dès qu'un malheur arrive, on nous accuse.

– Tu es à l'abri, ici.

– À l'abri, oui, répéta l'apothicaire comme pour se rassurer. Les papes nous ont sauvé la vie, jamais nous ne l'oublierons.

– Quand vous ont-ils sauvé la vie ? s'intéressa Garin.

– Quand on nous a accusés d'avoir amené la Grande Maladie.

– Il ne faut pas écouter les imbéciles, conseilla Garin.

– Il y a des époques où, malheureusement, les imbéciles font la loi, et beaucoup d'entre nous ont payé de leur vie leur bêtise. À Toulon, pendant cette horrible nuit d'avril 1348, ils ont massacré toute ma famille. (Il eut un sanglot.) Je suis le seul à avoir survécu, et uniquement parce que j'étais parti cueillir des plantes dans la montagne. Quand je suis revenu... Oh ! je ne peux pas... je ne peux pas raconter...

Les larmes se mirent à rouler sur ses joues et sa voix s'étrangla.

– J'ai vieilli de vingt ans en un instant... J'ai fui. N'importe où. J'ai erré pendant des semaines. La folie avait gagné toute la Provence, le Languedoc, le Dauphiné... Narbonne, Carcassonne, Besançon, Vesoul, Valence... Pillages, massacres. On prétendait que les juifs avaient empoisonné les puits et les rivières, alors on les jetait dedans. Noyés, lapidés, brûlés, étripés...

– Calme-toi, Élie, dit paternellement Chauliac. C'est fini. Tu es en sécurité.

Le vieil apothicaire s'essuya les yeux d'un revers de main.

– Excusez-moi... (Il tenta de se reprendre.) Tout ça

pour dire que, lorsque le pape Clément a lancé une bulle en notre faveur pour menacer d'excommunication ceux qui nous feraient du mal, il nous a sauvé la vie. Jamais nous n'oublierons. Aussi, j'ai juré de servir les papes pour le reste de mon existence. Mais je n'aurais pas dû garder mon métier d'apothicaire...

– Pourquoi ? demanda Garin.

– Un apothicaire manipule toutes sortes de plantes qui sont à la fois bénéfiques et dangereuses, selon les

dosages. Sans compter les autres produits, cendre de crapaud et d'araignée, ou fiel de porc, qui servent aussi à
fabriquer des poisons. Alors, si mon ellébore provoque
un malheur...

En tout cas, songea Garin, le voleur devait être sacré-
ment pressé de s'en débarrasser, pour cacher aussi mal le
sachet. À sa place, lui l'aurait jeté dans les latrines et, à
cette heure, emporté par les égouts, il voguerait ano-
nymement dans la rivière.

– Vraiment je n'y comprends rien, soupira Chauliac.

– Le coupable ne visait peut-être que le goûteur, suggéra Garin.

– Je veux dire, précisa le médecin, que les symptômes
du goûteur ne sont pas ceux de l'empoisonnement par
l'ellébore.

15
Un rempart contre la peur

— Installe-toi à cette table, proposa Chauliac une fois l'apothicaire sorti. Dans le coffret, tu trouveras ce qu'il te faut.

Le parchemin était de bonne qualité, les plumes déjà taillées et l'encre toute prête. Ça se présentait bien. Garin s'assit sur une chaise de fer à lanières garnie d'un coussin en cuir de bouc.

— Je voudrais effectuer une étude complète de l'évolution du mal de notre Saint-Père, reprit le médecin, cependant il m'est difficile de noter tout en faisant mes observations. Tu écriras donc ce que je dicterai.

Voilà qui convenait parfaitement. Le métier de l'écriture présentait assez de corvées pour que Garin sache apprécier ce qui était pourvoyeur de science. Cela lui rappela que son avidité de connaissances n'avait pas été rassasiée, et il glissa :

— Je n'ai pas compris si le mal dont souffre Sa Sainteté est le même que celui du goûteur...

— Ils n'ont rien à voir l'un avec l'autre. Notre seigneur le pape souffre d'une subite aggravation de sa goutte provoquée par la contrariété. La disparition de la proba, puis de l'ellébore, c'est beaucoup, même pour un esprit fort. Le pied s'est enflammé de plus belle et la douleur s'est réveillée. Tu vas noter que, ce matin, j'ai trouvé l'articulation si gonflée que mes deux mains en faisaient à peine le tour, et que j'ai prescrit des infusions d'ortie. Nous étudierons à chaque heure l'évolution du mal. Sa Sainteté m'a demandé d'essayer la chair de grue. Je ne sais d'où elle tient cette idée, mais je ne suis pas opposé aux expérimentations.

— Je note aussi la grue ? demanda Garin en contenant un sourire.

— Oui. Il faut tout mettre par écrit, sinon, comment déterminer ce qui a été bénéfique et ce qui n'a servi à rien ? Nous sommes si ignorants ! Même une affreuse épidémie comme celle que nous avons vécue ne nous a rien appris. (Il soupira.) Elle a été inutile, et même honteuse pour les médecins, puisqu'ils refusaient de visiter les malades de peur d'être infectés... N'est-ce pas à cause de l'incurie des médecins, que les hommes deviennent si cruellement bêtes ? Qu'ils en arrivent à croire que les juifs ou les estropiés ont empoisonné le monde ?

— On ne sait toujours pas d'où venait ce mal ?

— La Sorbonne* pense que l'origine en était dans la conjonction des trois grandes planètes, Saturne, Jupiter et Mars, qui sont toujours cause d'événements extraordinaires : changements de règne, avènement de prophètes, ou grandes mortalités. Et comme ce sont trois planètes qui portent des noms d'hommes, la maladie a touché les hommes. (Il s'interrompit et demeura son-

---

* Faculté parisienne.

124

geur.) Il faudra un jour que j'écrive un traité sur ce que j'ai vu. Décrire les symptômes, un à un...

– Vous êtes resté ici ? demanda Garin en se rappelant les paroles de Béranger.

– Ne crois pas que ce soit par courage. C'est que j'aurais eu honte de m'en aller.

De l'avis de Garin, le courage n'était pas autre chose. Et lui, il s'y connaissait en courage. Parce qu'il en manquait souvent.

– Qu'avez-vous fait ? interrogea-t-il.

– Seulement de petites choses, hélas. Je n'étais que le huitième médecin du pape Clément, cependant je suis le seul à être resté avec lui. Ce palais était désert, nous avions juste deux domestiques. Malgré tout, nous avons réussi à imposer des mesures qui, je crois, ont joué un rôle dans l'apaisement de l'épidémie. Cela n'a pas été facile.

– C'étaient des remèdes compliqués ?

– « Compliqué » n'est pas le mot, et « remède » non plus. Mais arriver à convaincre la population de ne pas organiser de processions...

– Les processions sont dangereuses ?

– En temps d'épidémie, oui. Je ne sais si elles attirent les bonnes grâces du ciel, mais je suis sûr que la contagion s'y propage très vite. Heureusement que l'ordre a été donné par le pape en personne, sinon qui l'aurait accepté ? La plupart des gens étaient persuadés que la maladie était dans l'air. Moi, j'avais l'impression que les hommes se la passaient de l'un à l'autre, et qu'elle était transportée par eux de lieu en lieu. Me suivant dans mes conclusions, notre seigneur le pape a également interdit les pèlerinages et accordé ses grâces par écrit pour éviter que les gens ne voyagent. Puis il a acheté un terrain clos pour isoler les malades et engagé des médecins pour soigner les pauvres.

Ah ! Voilà que ce pape Clément lui devenait, à lui aussi, plutôt sympathique.

– Pendant ce temps, poursuivait Chauliac, nous avons pris toute précaution au palais. Tenir en permanence les torches allumées pour purifier l'air, se nourrir de fruits, d'aliments de bonne odeur pour se renforcer, d'aigres pour résister à la pourriture, boire de la thériaque... Des choses simples. Mes confrères ont trop tendance à croire qu'à grand mal, il faut remèdes coûteux. Les maux d'estomac du premier pape d'Avignon ont été soignés aux émeraudes pilées, et il n'a pas guéri pour autant.

– Voyez, vous n'êtes pas si ignorant, constata Garin.

– Ne crois pas ça. Le mal m'a rattrapé.

– Vous avez eu la maladie ? Et vous en avez réchappé ?

– Par la volonté de Dieu... Quand j'ai senti les abcès qui gonflaient, j'ai pensé que, plus vite ils perceraient, plus j'aurais de chance de survivre. Alors je les ai fait mûrir avec des figues et des oignons cuits, puis je les ai incisés et cautérisés.

Garin enregistra les mots dans sa mémoire. Figues et oignons cuits, inciser et cautériser. Ça pouvait toujours servir.

– Et qu'avez-vous trouvé pour soigner la goutte dont souffre Sa Sainteté ?

– Ah ! Tu me rappelles que, par un coup du sort, nous n'avons plus d'ellébore blanc.

– C'est de ça que vous vous servez contre la goutte ?

– En le dosant avec précision.

– Et si on en prend trop ?

– Alors, surviennent des brûlures de bouche, des vomissements, des difficultés à respirer. Les muscles se contractent et le malade entre dans le délire. Ensuite il perd le souffle et c'est fini.

– Ce ne sont pas les symptômes du goûteur...

Le médecin considéra Garin avec surprise.

– Dis donc, toi, tu as réussi à me faire raconter beaucoup trop de choses.

– Nullement, vous ne m'avez presque rien dit. Je ne sais toujours pas avec quoi on a empoisonné le goûteur.

Chauliac considéra Garin avec un fin sourire, cependant il ne répondit pas.

– Moi, commenta Garin qui savait s'accrocher comme une bernique à son rocher, rien que de penser que je goûte des aliments parce qu'ils peuvent être empoisonnés, ça me rendrait malade.

Chauliac lui adressa un regard amusé.

– C'est ça ? s'emballa Garin. La proba a disparu et ça a fichu la trouille au goûteur ?

Comme Chauliac ne répondait toujours pas, il reprit :

– Il s'est senti mal et s'est cru empoisonné ?

– Le métier de goûteur, laissa tomber le médecin, est très éprouvant pour les nerfs.

La porte s'ouvrit sur Géraud et le valet, soutenant le pape. Ils l'amenaient à son bureau le temps de refaire sa chambre.

Le chambrier insista pour le déposer sur le lit en expliquant qu'ils en auraient pour longtemps puisqu'ils devaient enlever la tapisserie et mettre en place celle qui venait d'arriver (et que Garin avait dûment enregistrée), mais le pape demanda qu'on l'assoie plutôt dans le fameux fauteuil vert que Garin avait déjà testé et soupira :

– Je souhaitais me rendre à Villeneuve avec l'architecte
pour voir le site du futur couvent...

– C'est impossible, déclara Chauliac avec l'autorité du
médecin. Vous avez besoin de repos.

Le pape cligna les yeux d'un air las.

– Serait-ce mon chevaucheur ? s'étonna-t-il en apercevant Garin.

– Votre Sainteté confond, dit Garin en souriant, vous
le voyez, je suis un modeste scribe. (Puis, pris d'une

inspiration subite) J'ai d'ailleurs rencontré votre futur chevaucheur.

– Tu veux parler de Galopin ? Je compte bien sur lui, dans quelques années. Il a toute ma confiance.

Ces paroles furent du baume au cœur. Galopin n'était donc pas tout à fait seul.

– As-tu trouvé où loger ? s'informa le pape.

– J'ai ma chambre près des bouteillers.

Le Saint-Père ne parut pas vraiment connaître l'endroit, ce qui était excusable. Il ne devait guère traîner dans ce genre de lieu.

– Est-ce confortable ?

Garin réfléchit à ce qu'il allait répondre. Ses *appartements* n'avaient pas le confort des chambres de maître mais, naturellement, ils n'étaient pas destinés aux maîtres...

– Ma chambre a un gros avantage sur la vôtre, observat-il. On y monte par trois marches seulement, alors que vous êtes obligé de grimper et descendre sans cesse pour entrer et sortir de la vôtre.

Innocent lui lança un regard surpris. Une lueur était passée au fond de son œil.

Garin était en train de coudre un cahier de parchemin quand résonna le tintement annonçant le repas. Il demanda aussitôt l'autorisation de se retirer pour gagner la cuisine, cependant le pape semblait ne pas l'entendre de cette oreille.

– Tu n'es pas très grand, dit-il, je crois que ton épaule serait à une bonne hauteur pour que je m'y appuie.

C'est ainsi qu'après avoir été chevaucheur, scribe de cuisine et plume de médecin, Garin tâta de la fonction de bâton de vieillesse. Géraud soutenant le pape de l'autre côté, ils allèrent jusqu'au petit tinel.

Il y avait là des cardinaux, le *Quoi ?* et le héron, et d'autres religieux que Garin ne connaissait pas. Sur les nappes immaculées trônaient des coupes constellées de pierres précieuses, des aiguières émaillées représentant des bergers, des lutteurs, des sirènes jouant de la cithare, des vases en formes d'escargot, de soleil, de dragon, de bombarde, des fontaines remplies de vins. Tout, salières, verres, couteaux, le moindre pichet, valait un an de son salaire.

Bah ! Ces belles tables ne lui faisaient aucune envie, on s'y empoisonnait et on y perdait un temps fou.

Au moment où le pape lui proposa d'aller se restaurer dans sa cuisine privée, les autres lui jetèrent un regard scrutateur. Crédiou ! Tâter du repas du pape ne lui souriait plus vraiment. Et si quelque chose arrivait, il serait forcément accusé.

Il passa dans la cuisine attenante et se choisit une place volontairement éloignée de la préparation des plats et d'où – par hasard, bien sûr – il voyait tout le petit tinel : le pape sur son estrade, les cardinaux à sa droite, les autres plus loin. Tous le dos au mur comme s'ils craignaient qu'on les assassine par derrière. Les serviteurs déposèrent sur la table les plats couverts, puis se retirèrent.

Un autre les remplaça alors et, soulevant un couvercle, se servit un peu de potage aux herbes. Le nouveau goûteur. Cet homme, Garin ne l'avait-il pas déjà vu quelque part ?

Oui, le blanchisseur qui s'était fait rabrouer par Béranger pour avoir mis les torchons au mauvais endroit ! Il n'était donc pas parti avec son maître ?

Il s'était laissé convaincre de rester et de changer d'emploi ? En tout cas, en voilà un qui n'avait pas froid aux yeux.

Eh ! le courage ne venait pas seulement de la crainte de passer pour un couard, mais également de l'appât du gain. Depuis le vol de la proba, le poste de goûteur devait être fort bien rémunéré.

Tandis que l'ancien blanchisseur testait successivement tous les plats, quelqu'un posa une question que Garin ne comprit pas et à laquelle le pape répondit que ce n'était pas pour lui qu'il était inquiet, mais pour le peuple, qui aurait à souffrir.

– À quoi faites-vous allusion ? interrogea le héron d'un ton anxieux.

Le pape ne parla nullement de poison. Il expliqua que, pour protéger la population, son devoir était de reconstruire d'urgence les remparts à demi écroulés. On ferait donc venir un spécialiste des fortifications et un de l'artillerie, et on engagerait des compagnies de soldats pour défendre la ville.

– Avez-vous des nouvelles alarmantes ? s'inquiéta le camérier.

C'était exactement ce que Garin voulait savoir.

Le pape exposa que cette guerre terrible que se livraient les rois de France et d'Angleterre*, et qu'il avait sans succès tenté d'arrêter, était suspendue, mais que les soldats, désormais sans ressources, se regroupaient pour piller villes, villages, châteaux et monastères.

– Ils n'oseraient pas s'attaquer à Avignon ! se scandalisa le *Quoi ?*.

---

* La guerre de Cent Ans.

– Hélas, dit le pape d'un ton fataliste, nous ne sommes pas à l'abri.

– Menacez-les d'excommunication !

Alors là, Garin dut se tenir à quatre mains pour s'empêcher d'intervenir. Parce que, lui, ce genre de brigands, il connaissait. Et, s'il était toujours vivant, c'est qu'il n'avait pas plus d'argent qu'un crapaud n'a de plumes... L'interdiction d'assister à la messe (à laquelle ils n'allaient jamais) et de mourir sans sacrement (dont ils se moquaient) n'était pas de force à arrêter les soudards. Autant ferrer les oies en espérant qu'elles se transformeraient en chevaux. En tout cas, s'il y avait de nouveau des armées sauvages sur les routes, sa vie deviendrait de plus en plus difficile.

– Cela va coûter beaucoup d'argent, fit observer le héron. Et vous savez que Sa Sainteté Clément...

– Mon prédécesseur était un homme généreux, intervint le pape.

– Certes. Seulement il a laissé le trésor exsangue.

Le *Quoi ?* renchérit :

– Je l'ai vu acheter d'un coup mille peaux d'hermine simplement pour fourrer des capuchons et des bonnets.

Le pape coupa court aux récriminations. Le temps n'était pas aux regrets, mais à l'action. Puisqu'il n'y avait plus d'argent, on allait veiller à limiter les dépenses et à faire rentrer les impôts.

– Ceux de Sicile et de Pologne sont arrivés, informa le héron. Du Danemark et de Norvège aussi. L'Angleterre se fait tirer l'oreille et je ne sais rien du royaume d'Aragon... Nous pourrions prendre quelques mesures pour rogner un peu sur l'aumône. Vous savez qu'elle mange, à elle seule, un quart de nos revenus, et rien que les centaines de pains quotidiens...

– Il n'est pas question de toucher à l'aumône, trancha le pape.

Il ajouta que les économies devaient être effectuées sur les riches, et non sur les pauvres. C'est pourquoi il avait renvoyé chez eux tous ceux qui vivaient au palais sans y être utiles. Par exemple les damoiseaux et les écuyers, qui ne pensaient que beaux habits et fêtes, ou les curés qui délaissaient leur paroisse. Et, désormais, le palais économiserait sur le superflu : vêtements, objets d'art, cire, tapisseries...

Il est grand temps de serrer les fesses quand on a fait dans ses chausses (vieux proverbe norvégien traduit du corse par saint Garin). Des tapisseries, on venait d'en rentrer pour quatre cent vingt-neuf écus d'or.

Il aurait dû accorder plus d'attention à ça, mais on lui apporta le premier fond de marmite, et il n'y pensa plus.

Loin de se sentir flatté de manger le même menu que le pape, il réfréna son appétit par crainte du poison, et goûta du pâté de chapon modestement. Le maître queux ne le quittait pas des yeux. Se méfiait-on de lui ? Après tout, ça ferait un témoin à décharge en cas de malheur.

Crédiou, c'était bon... Il se servit du levraut au vinaigre avec plus de décision, puis du paon rôti sans arrière-pensée. C'était succulent, et bien épicé pour se digérer sans dommage... Saint Garin veillez sur moi.

Après le deuxième verre de vin, il songea que, s'il devait mourir, autant que ce soit le ventre plein, et il se jeta sur le fromage. C'est alors qu'on rapporta dans la cuisine les restes de la table et qu'il s'aperçut que les convives avaient pratiquement tout laissé dans les plats.

Il sentit son estomac se contracter et mit deux doigts dans sa bouche pour se faire vomir. Ahi ! le maître queux l'observait, et ça risquait de lui paraître louche. Il fit vite semblant de retirer quelque chose qui se serait coincé dans une dent, puis alla vers la fenêtre et l'entrouvrit pour respirer.

De toute façon, s'il était empoisonné, c'était trop tard. Il exécuta rapidement son signe de protection et essaya de ne plus penser à rien. Son regard fit le tour du dernier spectacle que verraient ses yeux : la magnifique cour d'honneur, le bâtiment d'entrée en face, l'arrière de celui des hôtes à droite, le grand escalier et la sacristie à gauche...

Cette sacristie, il se rappelait fort bien l'avoir traversée en montant sur les terrasses. Par les couloirs et les escaliers, elle était très éloignée mais, d'ici, on l'atteignait d'un crachat de noyau...

Il demeura là, à réfléchir.

Quand il se retourna pour suivre ce qui se passait dans le petit tinel, il croisa le regard fixe d'un cardinal. Par saint Garin ! Le vieux sourd qu'il avait espionné dans le promenoir ! L'homme en pourpre l'avait-il reconnu ? Son regard pénétrant disait que oui, et qu'il le soupçonnait d'avoir répété au pape les dénigrements qu'il avait entendus. Comme si c'était son genre !

L'angoisse tordit de plus belle son estomac, et il se sentit très, très mal.

16
Là où il ne faut pas quand il ne faut pas

Garin ravala sa salive avec difficulté. Il fallait tenir. Le pape lui demandait de l'aider à regagner son cabinet de travail, il ne pouvait qu'obéir. La tête de Géraud, furieux d'être évincé, aurait dû le requinquer, mais son estomac en capilotade n'avait plus aucun sens de l'humour.

Pour cacher son dépit, la côte de Charlemagne fit l'homme très occupé et demanda au pape l'autorisation d'apporter le reste du bouillon de la table aux malades. Puis il s'en alla sans un regard, l'air digne et impassible d'un saint martyr.

Garin n'eut même pas envie de rire. Un comble !

Curieusement, l'effort physique qu'il dut fournir pour soutenir le pape jusqu'à la chambre du cerf lui remit le cœur à l'endroit, si bien qu'il se surprit à accepter quelques douceurs de fin de repas. Vin chaud, épices confites, dragées, un véritable rêve... Ça fondait dans la bouche. Le vin lui montant à la tête, il remarqua à peine que personne d'autre que lui ne touchait à ces *épices de chambre*, qui pouvaient bien être fourrées à l'ellébore. Il avait l'impression d'entendre la voix des anges du paradis et, quand Innocent l'interrogea sur son âge, il répondit sans songer à travestir la vérité :

– Si je le savais, je vous le dirais volontiers.

– Tu es un enfant abandonné ?

– Pas dans le sens où vous l'entendez. Ma mère... a fait de moi un homme libre. Elle a voulu qu'aucun mage ne puisse jamais me prédire mon destin et, pour ça, elle a soigneusement gommé de sa mémoire la date et l'heure de ma naissance, ainsi que celle de mes vingt-quatre frères et sœurs. Je peux juste dire que je suis né dans la belle ville du Mans.

(Mais pas du côté des quartiers élégants.) Eh ! Racontée comme ça, son histoire était remarquable.

– Mon père, reprit-il, pour éviter que nous restions trop attachés à lui et que cela nous empêche de vivre pleinement notre vie, veillait à ce que nous sortions et voyions le monde.

(Le monde des traîne-misère de la rue où il les expédiait à coups de ceinturon pour vider la maison.)

– Et un jour, il m'a dit : « Puisque tu veux apprendre, je vais t'envoyer chez le maître, et il va t'enseigner. »

Je sais, saint Garin, je m'étais juré de ne pas mentir dans la maison du pape, mais je ne mens pas, je m'abstiens juste de prononcer tous les mots, pour n'attrister personne. Qui a besoin d'entendre dans sa totalité une phrase comme : « Puisque tu veux apprendre de quel bois je me chauffe, je vais t'envoyer mon sabot dans les fesses, et tu sauras qui est le maître. Ça va saigner ! »

– C'est ainsi que j'ai étudié l'écriture chez les bons moines de Bégard.

Son père n'était évidemment pour rien dans son arrivée au monastère, et les moines ne pouvaient pas vraiment être qualifiés de « bons ». Ils étaient sévères et maintenaient une discipline rigoureuse. Néanmoins, il n'en gardait pas un mauvais souvenir. Des vies, il y en avait de plus dures que la sienne.

– Si je puis me permettre... reprit-il.

– Parle.

– Je ne serai pas toujours là (Ahi ! quel sens donnait-il à ça ?). Aussi, quand votre pied vous tourmentera et que vous aurez besoin d'un soutien, vous pourriez faire appel à un autre, qui est de petite taille.

– L'apothicaire ?

– Galopin, le fils de votre chevaucheur.

Le pape considéra Garin d'un air pensif, puis il déclara :

– Tu es un excellent garçon. Tu vois vite et loin. (Garin respira profondément pour s'empêcher de rougir.) Tu as raison. Sans éloigner vraiment Galopin des écuries, où il se plaît, je pourrais le faire venir plus souvent ici. Il se sentirait moins seul.

– Votre premier chambrier grimacera, remarqua Chauliac sans compatir le moins du monde, et bien d'autres avec lui. Il faut voir la crainte qui les saisit tous quand il apparaît. Heureusement que le pauvre enfant a les chevaux, qui sont, dans leur ensemble, beaucoup moins sots que les hommes.

– Galopin est vraiment né pendant la grande maladie ? s'intéressa Garin.

– Sa mère est morte en trois jours sans que je puisse rien pour elle, expliqua Chauliac. Et, au moment où elle rendait l'âme, voilà l'enfant qui s'annonce. Il n'y avait plus, dans les environs, la moindre accoucheuse, et c'est moi qui l'ai reçu dans mes bras. Son père s'est mis en quête d'une nourrice, mais aucune femme n'acceptait de l'allaiter, sous pretexte qu'il portait en lui le malheur. Il a été élevé au lait d'ânesse... Pauvre petit ! Il n'a pas eu la vie facile. Il aurait mieux valu qu'il meure.

Garin n'était pas d'accord avec ça. Chacun était responsable de sa propre vie, et on arrivait toujours à en faire quelque chose. Celle de Galopin était loin d'être finie, et le gamin avait de la volonté. Quand il serait chevaucheur, le monde serait à lui.

Au soir, Garin était toujours vivant. Et lorsque les huissiers entrèrent pour la surveillance de nuit, il eut l'honneur d'accompagner le pape jusqu'à sa chambre. Là, évidemment, il dut le remettre entre les mains du premier chambrier. Au moment où il ressortait, il entendit celui-ci qui disait d'un ton pincé :

– Je préviens Sa Sainteté de ne pas s'inquiéter si elle entend du bruit ce soir. Je vais profiter de ce que la pluie n'est pas à craindre pour porter les anciennes tapisseries de sa chambre sur la terrasse. On dit que l'éclat de la lune ravive les couleurs.

– Vous êtes trop dévoué, mon fils. Pourquoi ne pas confier cette tâche à des portefaix ?

– Pour des tapisseries aussi précieuses, je n'ai confiance qu'en moi-même.

Il avait pris son air de côte de Charlemagne, et Garin faillit pouffer de rire sans charité aucune. Décidément, le premier chambrier en faisait vraiment beaucoup pour paraître indispensable !

La chambre des médecins, où Garin passa la nuit, était ce fameux appartement qui se trouvait juste au-dessous de la chambre du pape, et que convoitait le héron. Signe

des temps, Sa Sainteté préférait avoir à sa portée ses médecins plutôt que le chef de son administration.

Les murs étaient peints jusqu'au plafond de rouges très chauds, qui lui plurent. Dans ce vaste espace, chaque médecin avait son alcôve, qu'il partageait avec ses serviteurs. Un coin de natte dans un si bel endroit valait largement l'herbe humide des fossés, et Garin dormit comme un loir.

Sauf que les loirs sont rarement scribes de médecins et que, au milieu de la nuit, il fut secoué sans ménagement. Il sortit vivement son poignard de sa ceinture, avant de se rendre compte qu'il ne se trouvait pas sur un bord de route, et que Chauliac, au-dessus de lui, n'avait rien d'un brigand. Il rengaina et sauta sur ses pieds. Sa longue vie d'errance lui avait appris à passer en un instant d'un sommeil profond à la plus vigilante attention. Il s'engagea dans l'escalier derrière Chauliac.

C'était encore un coup de cette maudite goutte. Le Saint-Père souffrait terriblement et une bouillie blanchâtre suintait d'un orteil. Garin dut réveiller aussi son encre gelée pour noter les observations. La peau avait éclaté à plusieurs endroits sur le pied et, aux oreilles et aux mains, s'étaient créés de petits nodules, qui transparaissaient à travers l'épiderme. Ils avaient la couleur de la cire, la même que celle des statuettes d'envoûtement dont avait parlé le brodeur.

Pauvre pape ! Il vivait dans la soie et le velours, mais aussi dans la souffrance et l'animosité. Et, soudain, Garin se trouva vraiment bien dans ses vêtements rapiécés, avec le ciel pour toit et une vieille écritoire pour amie.

– Nous sommes dimanche, souffla le pape, et, quel que

140

soit mon état, je tiens à dire la messe dans la grande chapelle comme c'est l'usage.

– Ce n'est guère raisonnable, opposa le médecin.

Le pape répondit que le *raisonnable* ne pouvait concerner la personne d'un modeste vicaire du Christ. Seul comptait le devoir qui était le sien de veiller sur l'Église et ses fidèles. Enfin, c'est ce que Garin comprit. Alors il fit remarquer :

– Les architectes de ce palais n'ont pas beaucoup réfléchi à ce qui est votre devoir. Ils vous ont fait des marches partout, qu'il vous faut monter et descendre sans arrêt. S'ils étaient papes eux-mêmes, ils se seraient vite construit un pont entre le petit tinel et la sacristie. C'est très près et au même niveau.

Chauliac et le pape se regardèrent avec surprise, puis le médecin déclara :

– Dès demain, je demanderai au maître d'œuvre d'en étudier la possibilité*.

Le palais se réveillait, les veilleurs de nuit allaient se coucher et les odeurs de cuisine emplissaient déjà délicieusement les narines. Garin s'engouffra dans l'escalier en supputant l'origine du fumet. Ça faisait penser à du bouillon de poule, ou alors à du brouet au verjus...

Tiens, où se trouvait-il ? Il avait descendu un escalier de trop, non ? Il était arrivé à une pièce inconnue, encombrée d'armoires, de coffres, de comptoirs tendus de tissus verts, de pupitres, de bancs et d'échelles montant à des

_____
* On voit que le maître d'œuvre ne souffrait pas de la goutte, car il ne construisit ce pont que trois ans plus tard.

étagères couvertes de parchemins. D'épais livres de comptes attendaient sur des lutrins.

La grande trésorerie ? Pourquoi était-elle ouverte de si bon matin et, de plus, un dimanche ?

Au fond, on voyait une autre porte, ouverte aussi. Celle-là était énorme, renforcée de barres de fer. Bizarre. On laissait rarement bâiller une porte de cette nature, ça devait être celle d'une prison désaffectée.

... Elle donnait sur un passage voûté dans lequel Garin s'engagea prudemment.

Le passage menait non pas à une prison, mais à une remise pleine de coffres béants, visiblement abandonnés. Une balance barrait l'entrée, des rouleaux de parchemin gisaient sur le sol, bref il aurait été grand temps d'y faire un peu de ménage. Garin cueillit un rouleau au pied du coffre identifié par la lettre *Q* et le déroula. Il portait le sceau et la signature de... de la reine Jeanne. C'était l'acte de vente d'Avignon !

Un peu inquiet qu'on laisse traîner des documents de cette valeur, il jeta un coup d'œil sur les autres coffres. Le *C*, qui montrait ses entrailles malgré ses deux serrures, contenait des lettres du roi d'Arménie. Il ramassa sur le sol d'autres rouleaux. Ça alors ! Un parchemin qui portait le même cachet de cire que le message du chevaucheur ! Il venait de... l'empereur Charles IV ! Et là, une autre lettre, portant un sceau identique, et où pendait la bulle d'or de l'empereur. C'était la sienne, celle qu'il avait apportée ! Cette salle n'était donc pas désaffectée. Ses vitraux rouges opaques, les grilles à ses fenêtres, tout indiquait qu'il s'agissait d'une chambre forte !

L'inquiétude le saisit. Il remarquait maintenant qu'en plus des coffres alignés le long des murs, il y avait de lourdes dalles, ouvertes elles aussi, et qui laissaient à découvert des caches creusées dans le sol. On y voyait des nappes d'autel brodées d'or, de riches vêtements liturgiques, là un flacon de vermeil et quelques bulles de plomb, dans une troisième un coffret orné d'un personnage en os et un sac renversé qui avait libéré des pièces d'or.

Le cœur de Garin se mit à battre à toute vitesse. Cette pièce n'était pas simplement en désordre, elle avait été pillée ! Un vent de panique le poussa vers la sortie, il recula dans le passage et se mit à courir.

– Halte !

Un bras musclé le ceintura et une voix brailla dans ses oreilles :

– Un voleur qui vient de sortir de la salle du Trésor !

17
Un trésor porte-poisse

– Où sont tes complices ? martela le *Quoi ?*.

Pour la centième fois, Garin répéta qu'il n'en avait pas. Que si on l'avait trouvé sans le moindre objet sur lui, c'était qu'il n'était entré là que par curiosité, et parce que la porte bâillait.

« Curiosité », oui... Et ce n'était pas la première fois qu'elle le mettait dans de sales draps. Saint Garin n'avait peut-être pas tort d'appeler ça « un défaut ».

Qui avait escamoté le trésor ? C'était certainement en relation avec le vol de la proba, mais de quelle façon ? Et si ce dernier était un vol crapuleux, pourquoi l'ellébore avait-il aussi disparu ?

– Comment es-tu entré dans le Trésor bas ?

« Trésor bas » signifiait-il qu'il y avait aussi un Trésor haut ? Crédiou, c'était vraiment le moment de jouer avec les mots ! Oh ! Sa tête bourdonnait. Il avait toujours cru que « Trouver un trésor » était une phrase merveilleuse, qui aurait même pu s'insérer dans son maître mot, et voilà qu'elle n'évoquait plus qu'une immonde poisse.

Maître mot... N'était-ce pas le moment de le tester ?

Il eut à peine prononcé mentalement « Seul, le chevalier au bouclier de mystère », qu'un garde entra et murmura

144

quelque chose à son tortionnaire, qui sortit aussitôt d'un air affairé. Eh! peut-être que ce maître mot marchait?

Garin regarda autour de lui. Aucune fresque, pas le moindre tapis, les seigneurs se montraient toujours très chiches pour leurs prisons. Ça puait le renfermé et la poussière de charbon. Un peu de jour venait par la grille de la porte... qui donnait sur la salle des gardes. Inutile de songer à s'échapper.

Parce qu'il se berçait encore d'illusions? Ce palais était une forteresse. Pour regagner la liberté, il ne pouvait compter que sur la justice du pape.

Il songea soudain aux deux religieux qui avaient été brûlés. Par saint Garin, il aurait bien aimé savoir ce qu'ils avaient dit au juste qui leur vaille ce sort! Etait-ce plus grave que d'être impliqué dans un vol chez le pape? Il détesterait mourir brûlé, il préférait encore la noyade. Non, plutôt la pendaison. À moins que le poison... Bah! Rien ne lui plaisait vraiment, il se décida donc fermement à ne pas mourir du tout. Il fallait en vitesse préparer sa défense, chercher ce qui pouvait jouer en sa faveur.

La porte de la prison se rouvrit brusquement, lui arrachant un petit sursaut d'effroi, et un corps atterrit à ses pieds. Puis la porte claqua et le verrou grinça.

À son grand soulagement, Garin s'aperçut que le corps, à ses pieds, était vivant. Logique finalement, sinon pourquoi l'enfermer? L'homme se ramassa vite dans un coin, comme s'il avait peur de lui.

– Du calme! s'exclama Garin. Nous sommes tous deux assis sur les mêmes épines.

– Je n'ai rien fait, hoqueta le nouvel arrivant. Ce n'est pas moi qui l'ai tué.

Garin examina le visage de l'homme.

– Eh ! Tu n'es pas le porteur d'eau ?

– Si... fit l'autre d'un air méfiant.

– Quand je suis arrivé, il y a quelques jours, tu te disputais avec le maître d'œuvre du palais.

L'autre soupira :

– C'est justement à cause de cette dispute qu'on m'accuse de l'avoir tué.

– Tu as tué Jean de Louvres ? souffla Garin, ébahi.

– Non ! Et puis ce n'est pas lui qui est mort. C'est un autre, qui avait pris sa défense ce jour-là. Il paraît que je

146

lui aurais dit : « Je n'oublierai pas que tu as donné des coups de pioche dans ma maison », ou quelque chose comme ça. Je ne m'en souviens pas.

Garin, lui, s'en souvenait parfaitement. Et celui à qui il avait dit ça... Crédiou !

– C'est Gaillard, qui est mort ?

– Oui, rue de la Peyrolerie. Mais ce n'est pas moi qui l'ai tué. Ce n'est pas moi ! Comment j'aurais pu, d'ailleurs ? Il a été attaqué dans le dos avec tellement de force que son crâne a éclaté. C'est un sacré gourdin, qui a fait ça, un vrai madrier ! Comment j'aurais pu le soulever ?

Non seulement Garin avait raté le petit déjeuner, mais il sauta aussi le déjeuner, que personne ne songea à lui apporter. Quant au dîner, il se résuma à un morceau de pain dur.

Le porteur d'eau ne cessait de gémir.

– Pense plutôt à ce qui peut te disculper, suggéra Garin, agacé. Si tu n'as pas revu Gaillard depuis la dispute...

– Je le vois tous les jours, c'est mon beau-frère.

Ça, ce n'était pas très bon. Garin tenta :

– Mais ce matin, tu ne l'as pas vu.

– Non.

– Ah ! Voilà !

– Seulement les médecins disent que c'est en début de nuit qu'il est mort.

– Et hier, tu l'as rencontré ?

– Euh... oui. Il rentrait au palais comme j'en sortais, à l'heure de vêpres.

– Il loge au palais ?

– Non, c'est ça qui m'a étonné. Surtout qu'il avait son coussin d'épaule, comme pour les déchargements.

Une livraison à la nuit ? À l'heure où les portes se fermaient ?... Dommage qu'il ne soit plus scribe des livraisons.

– Il t'a dit ce qu'il venait décharger ?

Le porteur d'eau bougonna :

- Je ne lui parle pas et je me fiche de ce qu'il fait.

– C'est un tort. Là, il aurait été utile de le savoir. Un peu de curiosité t'aurait peut-être sauvé la vie.

(Vous voyez bien, saint Garin, que la curiosité est une qualité.)

– Tu crois ? souffla le porteur d'eau.

– Gaillard fait une chose étrange : il décharge de nuit. Et le lendemain, il est mort. Alors il est judicieux de se poser la question : qu'a-t-il déchargé ?... Sauf, bien sûr, s'il a simplement été assassiné par son beau-frère, qui lui en voulait... pour une bataille à la figue pourrie quand ils étaient gamins, ou de l'avoir obligé à manger une carotte pleine de vers pendant le carême.

– Quelles figues, quelles carottes ? se fâcha le porteur d'eau.

– Dors, soupira Garin. J'espère simplement que tu auras de nouveau l'occasion de manger des figues et des carottes, et moi aussi. Même s'il y a des vers dedans et qu'on est un jour maigre.

Il fit son signe de protection pour le cas où le maître mot ne serait pas suffisant, étala son manteau et s'enroula dedans pour dormir. Quand on fermait les yeux, il suffisait de s'imaginer qu'on se trouvait dans une confortable hostellerie... Ou plutôt dans une gargote de bord de route : à cause de l'odeur de vinasse et de charbon, on ne pouvait pas se permettre mieux.

– On est dans la tour de Trouillas, chuchota soudain le

porteur d'eau, et elle a été construite par des prisonniers sarrasins. Je les ai vus de mes propres yeux.

Garin ne releva pas.

– Des prisonniers, tu entends ? Je suis sûr qu'ils ont fait le travail n'importe comment, et que les murs sont comme de la mie de pain.

On pouvait toujours rêver, mais il n'y avait guère de chance pour qu'une tour abritant à la fois la prison, le logement des gardes et le dépôt d'armes s'effondre comme un château de sable. Le porteur d'eau poursuivait :

– Imagine qu'ils aient ménagé des passages dans la muraille pour le cas où, un jour, ils seraient eux-mêmes enfermés là et voudraient s'enfuir.

Évidemment, l'idée était tentante. Il était bon de rêver...

– On taperait sur les pierres pour voir où ça sonne creux, imagina Garin, et on se mettrait au travail. Moi, je creuserais avec une pointe qu'on aurait oubliée, fichée dans le mur. Toi tu dégagerais les pierres une par une, et tu les cacherais sous la paille.

– On se faufile dans le souterrain, et on arrive dans le bûcher. On se glisse le long des tas de bois et, de là, dans les écuries... On saute à cheval et hop ! Le temps que les palefreniers comprennent ce qu'il leur arrive, on est loin.

Le porteur d'eau allait trop vite. Garin, lui, aurait fait traîner cette histoire une partie de la nuit. Il tendit le poing et tapa sur les pierres qui se trouvaient à sa portée.

18
Des moments
dont on se passerait bien

– Qu'as-tu fait de ton butin ? Où sont tes complices ?

Ça recommençait. Cette fois, c'était le juge. Dommage de ne pas avoir trouvé de sortie secrète à la prison ! On avait amené Garin, poignets liés, en plus, jusqu'à la salle de la grande audience qui servait d'ordinaire aux procès.

Pourtant, il ne s'agissait pas encore du procès, car rien n'avait de majesté. Le juge portait une robe de bure ordinaire, et la salle était en travaux. Sur un échafaudage, un homme en blouse blanche peignait des personnages sur la voûte. À côté, un menuisier montait à coups de marteau une grande chaise d'apparat. Le juge lui demanda de suspendre un instant son activité pour qu'on puisse s'entendre. En face de lui, un peintre assis sur un immense banc circulaire – certainement réservé au tribunal pendant les procès – décorait une série d'escabeaux aux armes du pape. Innocent finirait quand même par avoir un mobilier à son blason. Seulement Garin se demandait s'il vivrait assez longtemps pour le voir, car le juge ne semblait pas croire un seul de ses mots.

Et le pape ? Était-il prévenu de son incarcération ? Ferait-il un geste pour lui ou le pensait-il coupable ?

Si ses affaires ne s'arrangeaient pas, il pourrait bien finir ici sa courte existence. Son œil fit rapidement le tour de la salle. Le soleil entrait par les fenêtres de droite, défendues par de solides barreaux, ce qui laissait supposer qu'elles donnaient dans la rue. Derrière lui, les quelques marches qu'il venait de descendre menaient à une salle pleine de bavards. Inutile d'essayer de fuir par là. Ensuite, la grande porte. Fermée et gardée. Aucune autre issue ? À moins que cet escalier circulaire, à sa droite... Il était installé dans une ancienne fenêtre, et des tailleurs de pierre finissaient d'en ciseler la rampe.

Crédiou, il savait où il menait ! D'après le soleil, ce tribunal donnait au sud. Il était donc situé dans le même bâtiment que la grande chapelle dont les vitriers contemplaient les fenêtres le jour de son arrivée. Or, les vitriers se trouvaient près de la nouvelle tour. Conclusion : ce nouvel escalier montait à cette nouvelle tour. Et comme celle-ci n'était pas achevée, on pouvait de là sauter dehors par les fenêtres béantes.

Malheureusement, les ouvriers barraient le chemin.

Garin jeta un regard désespéré vers la petite sculpture colorée qui, sur le mur, semblait soutenir les voûtes. Elle représentait un roi qui étouffait dans chaque main une oie. C'était tout lui, ça ! Il sentait déjà la corde lui serrer le cou.

Des oies... Cela lui rappelait ces fameux œufs qui étaient arrivés mystérieusement à la cuisine. La proba, puis l'ellébore avaient disparu et, à leur place, les œufs étaient apparus. Œufs de malheur d'oiseaux de malheur.

– Qui sont tes complices ? répéta le juge avec une impatience qui sentait le roussi.

Roussi... Ahi ! les flammes n'étaient pas plus tendres que la corde, juste plus chaudes, et plus indiquées pour l'hiver. ... Mordiou, c'était bien le moment de plaisanter ! Saint Garin, tirez-moi de ce guêpier !

Des éternuements annoncèrent un nouvel arrivant, un clerc, qui s'approcha en s'essuyant le nez dans sa manche. Gêné de s'être fait remarquer, il s'assit discrètement près d'un des piliers centraux et sortit de son écritoire une feuille et une plume. C'était le greffier. Garin avait intérêt à se méfier de ce qu'il dirait : les paroles s'envolent, les écrits restent, il était bien placé pour le savoir, lui qui gagnait sa vie grâce à ce vieil adage.

Le *Quoi ?* fit alors son apparition. Il intervenait apparemment comme témoin (de quoi, on se le demandait) et certifia qu'il connaissait ce nommé Garin Troussequelquechose, qui était entré dans le palais illicitement et dans l'unique dessein de nuire. Ça, c'était un peu fort !

- Je suis venu en mission officielle, protesta Garin. Le Saint-Père l'a reconnu devant tous. Demandez-le-lui ! Est-il prévenu que je suis ici ?

– Notre seigneur le pape a autre chose à faire, coupa le juge, que de s'occuper des petits truands.

Petit truand, lui qui n'avait jamais volé un œuf à une poule !

Les yeux enfoncés du *Quoi ?* le fixèrent d'un air qui ne présageait rien de bon, et Garin crut judicieux de réessayer son maître mot, histoire de lui couper l'herbe sous le pied. « Seul, le chevalier au bouclier de mystère »...

– C'est bien à cause de la trop grande bonté de Sa

Sainteté, distilla malgré tout le *Quoi ?*, que nous avons été contraints de garder ici ce parasite.

Parasite ! Il n'avait pas cessé de rendre service !

– Depuis qu'il est là, les catastrophes se sont multipliées, poursuivit le *Quoi ?* sans qu'un seul de ses replis de graisse n'en tremble de honte. D'abord le vol de la proba, puis l'empoisonnement du goûteur, et ensuite la disparition de vaisselle d'or. Et, maintenant, le meurtre

de Gaillard. Or ce manouvrier avait arrêté notre suspect en début de semaine, au moment où celui-ci tentait de s'introduire dans le palais. Il avait été clairvoyant sur les intentions de ce mauvais bougre, il l'a payé de sa vie.

– Ah non ! s'emporta Garin. Vous n'allez quand même pas tout me mettre sur le dos ! Et pourquoi pas la goutte de Sa Sainteté et le rhume du greffier !

– Tu insultes le tribunal, lâcha sèchement le juge, ça peut te coûter cher. Faites entrer le témoin suivant.

Le greffier inscrivit et l'huissier introduisit... la côte de Charlemagne.

– Ce garçon est accusé d'avoir dérobé des pièces de grande valeur dans le Trésor bas, annonça le juge. Qu'avez-vous à en dire ?

« Seul, le chevalier au bouclier de mystère » répéta vivement Garin.

– Cela ne m'étonne aucunement, lâcha traîtreusement le premier chambrier. Il s'est introduit on ne sait comment auprès de Sa Sainteté, et, depuis, il grignote un pouvoir de plus en plus grand auprès d'Elle, par manigance ou sorcellerie, je ne sais.

Mais où allait-on ? De la sorcellerie, maintenant ? L'affaire prenait une tournure affreuse. Quand le héron entra à son tour, Garin songea que c'en était fait de lui. Il renonça même à prononcer son maître mot et se boucha mentalement les oreilles. Aussi, il eut du mal à comprendre ce que le camérier du palais disait vraiment : qu'il n'était pas sage d'accuser sans preuve, qu'on n'avait retrouvé ni sur lui ni dans ses affaires la moindre trace d'une pièce volée.

– Il a pu dissimuler le butin ailleurs, observa le *Quoi ?*, ou le passer, par la fenêtre, à un complice qui attendait dans le jardin et se serait enfui en franchissant le rempart. Ces gens qui vivent sur les routes ont l'habitude des jongleries.

– Mais comment aurais-je pu entrer dans le Trésor si la porte n'était pas ouverte ? s'énerva Garin. Elle est double et renforcée de barres de fer. Je l'aurais forcée de mes larges épaules ?

– Nullement, laissa tomber le *Quoi ?*, et tu le sais fort bien. Tu avais sur toi toutes les clés.

– Les clés ? Et par quel miracle ?

– C'est ce que tu vas nous dire. Il n'y a que trois trousseaux pour cette pièce : celui de notre seigneur le pape, celui du trésorier et celui du camérier.

– L'un de ces trousseaux a-t-il disparu ? s'informa le juge.

– Aucun.

– Ce malfaisant est toujours fourré dans les appartements de Sa Sainteté, médit sans remords le premier chambrier, il a pu l'emprunter et en fabriquer un double.

– Et quand en aurais-je eu le temps ? répliqua Garin. À chaque fois que le Saint-Père quitte cette pièce, les huissiers y rentrent.

– Si nous revenions au problème du Trésor bas, proposa le héron. La pièce a été entièrement fouillée, et tous les coffres ont été ouverts dans le but de choisir les objets possédant une valeur marchande. Cela prend du temps. Où dormait-il cette nuit ?

– Il prétend avoir passé la nuit dans l'appartement des médecins et s'être ensuite rendu avec l'un d'eux chez le Saint-Père, répondit le juge en levant de nouveau les yeux au ciel, comme si tout cela ne pouvait être que pure invention. Un misérable gratte-parchemin de second ordre admis de nuit chez le pape !

Le camérier, lui, sembla moins surpris de cette assertion et proposa qu'avant toute chose elle soit vérifiée.

Garin suivait les débats avec de plus en plus de surprise et un soulagement grandissant. Le camérier, ce grand héron qu'il avait jusqu'ici trouvé froid et hautain, lui paraissait soudain paternel et avenant.

– Imaginons, reprit son défenseur, que, comme il le dit, il ne soit passé que par hasard devant la porte du Trésor. Il s'est inquiété de la voir ouverte et y a pénétré.

– Au lieu d'avertir les gardes ?

Garin voulut dire qu'il ignorait que cette pièce contenait le trésor du palais, mais le héron contra :

– En quittant la pièce pour avertir les gardes, il donnait aux voleurs le temps de s'enfuir. N'écoutant que son courage, il est entré pour les surprendre. Seulement, il n'y avait déjà plus personne.

Garin était sidéré par la scène. Le héron avait-il une si bonne opinion de lui ?

Oui, il avait eu bien du courage d'entrer dans une pièce où il aurait pu se trouver nez à nez avec des brigands... Comme quoi, le courage ne venait pas forcément de la peur d'avoir honte, ou de l'appât du gain, mais de la simple inconscience ! Ça, c'était typique de son genre de bravoure.

Il commençait à reprendre espoir lorsqu'un autre religieux entra. Il portait un bonnet de médecin. Chauliac. Garin hésita entre soulagement et crainte : le héron, qu'il n'aimait pas, lui avait réservé une bonne surprise ; le médecin, qu'il aimait bien, pouvait lui en préparer une mauvaise.

– Ce garçon, affirma Guy de Chauliac, est resté avec moi auprès de notre seigneur le pape jusqu'à l'heure de prime.

– Et à quelle heure l'a-t-on surpris dans le trésor ? questionna le juge.

– Juste avant la cloche du premier repas, indiqua le garde qui l'avait arrêté.

Oui. Il l'avait même raté, ce repas.

Cela ne laissait évidemment qu'un temps extrêmement court pour entrer, fouiller, choisir, voler, passer à un complice... qui aurait ensuite emporté le butin et franchi les remparts du jardin alors que le jour était déjà levé et les gardes à leur poste partout !

– J'ai un besoin urgent de ce garçon, reprit Chauliac. L'état de Sa Seigneurie s'est aggravé et il nous faut nous rendre à son chevet.

Le juge eut un soupir d'agacement, puis l'autorisa à disposer de l'accusé.

Chauliac n'avait pas précisé que c'était juste pour prendre des notes, qu'il avait besoin de lui. Sûr que les autres le croyaient médecin gradé. En attendant, médecin gradé ou pas, ils le regardèrent tous sortir d'un air soupçonneux. S'il n'y avait aucune preuve contre lui, il restait suspect.

19
Un sursis à exploiter d'urgence

« Suspect », voilà bien un mot que Garin détestait. Des yeux méfiants le suivaient partout, c'en était odieux. S'il voulait être disculpé, il lui fallait démasquer les voleurs du trésor, et vite !

Plus facile à dire qu'à faire.

Il tenta de se les représenter franchissant le rempart avec leur butin et se retrouvant dans la rue.

La rue ! Et l'assassinat de Gaillard ? Crédiou ! Les deux catastrophes avaient eu lieu la même nuit ! Deux affaires différentes, avec des coupables différents ?

Et si Gaillard avait participé au vol et avait ensuite été abattu par son complice ? *SES* complices. Car il en fallait plusieurs pour asséner de tels coups à un colosse comme lui.

– Détérioration des cartilages, dicta Chauliac d'un ton professionnel en examinant la cheville du pape.

Garin prit note. On constatait aussi un enraidissement articulaire, qu'il consigna. Puis, sur un signe du médecin, il rangea ses affaires dans son écritoire.

Tandis que Chauliac faisait boire au malade une potion pour calmer la douleur, Garin entrouvrit la fenêtre et jeta un coup d'œil vers le pied de la tour, le jardin désert par lequel le trésor avait fui à toutes jambes. Le rempart était couronné d'un chemin de ronde couvert. Il fallait de vrais dons d'acrobate pour le franchir. Il ne voyait pas Gaillard dans ce rôle. Non, le manouvrier, lui, était dans le Trésor, et il commettait le vol. Logique : lui seul était capable de soulever les lourdes dalles.

Seulement, c'était dans la rue qu'on l'avait retrouvé mort. Comment était-il sorti ?

– Bonjour, Très Saint-Père...

Garin sursauta. Un instant, il avait cru que ce traître de Géraud était caché derrière les cages.

– Crédiou, tu m'as encore eu !

Il referma vivement la fenêtre. Les perroquets étaient très sensibles au froid et il ne voulait pas avoir sur la conscience la mort de l'emplumé.

– Si tu veux un conseil, arrête d'imiter la côte de Charlemagne, sinon je pourrais bien te tordre le cou par inadvertance. En plus, je te signale que, pour moi, *Très Saint-Père*, c'est un peu trop.

– Troooopr... Troooopr... sentirez...

– On sentira quoi ? La fiente de perroquet ?

La conversation en resta là, car Chauliac le rejoignit. Ils sortirent ensemble et s'engagèrent dans l'escalier.

– J'ai grand-peur, commenta le médecin, que l'évolution ne se précipite. Les membres commencent à se raidir, et notre seigneur le pape risque fort d'avoir du mal à se déplacer même en dehors des crises.

Il ouvrit une porte à l'étage supérieur.

– Ouh ! s'ébahit Garin en découvrant là une immense bibliothèque. Il y a au moins...

– 1 582 volumes, précisa Chauliac.

– Un vrai trésor.

– Tout juste. Tu es ici dans le Trésor haut.

Eh ! *Trésor haut*... Il avait vu juste.

– Et qu'on ne m'apprenne pas que tu l'as dévalisé !
plaisanta Chauliac.

– Les livres, c'est trop lourd, répliqua Garin sur le
même ton. Je suis piéton, moi. Vous me voyez sur les
routes avec mon chargement ? D'ailleurs, croyez-moi, si
j'avais pillé le Trésor bas, je n'aurais pas pris des vases,
des plats et je ne sais quelle vaisselle, j'aurais plutôt
maraudé les pièces d'or, c'est moins encombrant.

Chauliac lui lança un regard intéressé.

– Les voleurs n'ont pas pris les pièces ?

– J'ai vu de mes yeux un sac éventré, qu'ils ont laissé.

– Ils ont dû être surpris et ne pas pouvoir terminer.

Ils restèrent un moment songeurs. Puis Chauliac salua
les scribes qui travaillaient dans la pièce contiguë et
ferma leur porte.

– Je mène un travail que je n'aimerais pas qu'on me
pille, commenta-t-il. J'ai eu l'occasion d'apprécier ta
vivacité et ta discrétion, aussi je pense qu'il n'est pas
nécessaire que j'insiste auprès de toi pour...

– Vous n'avez rien à craindre, assura Garin, curieux
d'apprendre la suite.

– Je suis en train de rédiger un traité de chirurgie.

Bah ! la chirurgie ne l'emballait pas vraiment et les chirurgiens qu'il avait connus s'y entendaient plutôt à tuer
le malade plus vite que ne l'aurait fait sa maladie.

– Le problème, reprit Chauliac, est le mépris dans
lequel on tient la chirurgie. Au lieu de l'enseigner dans
les facultés, on la confie à des ignorants qui n'ont jamais
disséqué un corps et ignorent tout de l'anatomie. Il est

grand temps de réagir, et de créer un enseignement spécifique. Il faut que les chirurgiens quittent la corporation des barbiers pour s'intégrer à celle des médecins, et je compte bien en persuader mes confrères des universités. En attendant, je prépare pour les futurs étudiants un traité qui rassemblera toutes les connaissances actuelles. Je l'appellerai *Inventaire de la partie chirurgicale de la médecine** *. Sais-tu bien écrire le latin ?

– Euh...

– Je t'épellerai les mots qui te gêneront. Nous avons parlé hier de la peste, et je vais peut-être reprendre ce sujet.

---

* Il a été étudié dans les universités pendant plusieurs siècles sous le titre *La Grande Chirurgie*.

Garin fit vivement son signe de protection, pouce à l'oreille, auriculaire sur la narine. Personne ne prononçait jamais le nom de l'horrible maladie, sous peine de l'attirer.

– Il nous faut d'abord soigneusement décrire cette peste noire... Tu as quelque chose qui te gratte l'oreille ?

– Non, non.

– Tu me parais nerveux. J'espère que tu ne crois pas que prononcer le nom de la peste noire l'attire.

– Bien sûr que non, protesta Garin.

Et il se sentit tellement ridicule qu'il renonça également à évoquer le nom de saint Garin, et même à prononcer son maître mot (qui n'était, d'ailleurs, pas franchement fiable). Il s'installa à un pupitre et ouvrit le cahier qu'il avait préparé la veille.

– Attelons-nous donc à cette peste noire, déclara-t-il courageusement.

Non mais !

– Oui... Toutefois je suis en train de songer que, pour ne pas heurter mes lecteurs, il serait sans doute judicieux d'éviter le mot. Écris (il dicta) : « Ladite mortalité commença pour nous au mois de janvier et dura l'espace de sept mois. Elle fut de deux sortes : la première dura deux mois, avec fièvre continue et crachements de sang, et on en mourait en trois jours. La seconde fut tout le reste du temps, aussi avec fièvre continue et abcès aux parties externes, principalement aux aisselles et aux aines, et on en mourait dans les cinq jours. Elle fut de si grande contagion...

– Attendez, je tourne la page.

Garin versa un peu de sable sur sa feuille pour sécher l'encre, et souffla dessus. Voilà qu'il repensait à Gaillard. Le porteur d'eau affirmait l'avoir vu entrer au palais avec son coussin d'épaule. Il faudrait savoir si, oui ou non, Gaillard avait été requis pour une livraison. Lui n'était plus scribe des livraisons, mais il connaissait parfaitement le nouveau, qui lui devait bien un petit service.

Il reprit la copie si distraitement qu'il craignit d'avoir oublié des mots.

– Donnez-moi un instant, pria-t-il. (Il relut à voix haute.) « Les gens mouraient sans serviteurs et étaient ensevelis sans prêtre. Le père ne visitait pas son fils, ni le fils son père. La charité était morte et l'espérance abattue. » C'est bien cela ?

– Parfaitement. Je continue : « Je la nomme grande, parce qu'elle atteignit tout le monde ou peu s'en faut. Elle commença en Orient et, jetant ses flèches contre le monde, passa par notre région et poursuivit vers l'Occident. Elle fut si grande qu'à peine elle laissa le quart des gens. »

Quand Garin quitta Chauliac pour aller manger, il en savait sur la peste noire plus que n'importe qui. S'il devait l'attraper, mieux valait choisir la forme qui donnait des bubons (dont on pouvait réchapper à grands renforts de sirops toniques, d'oignons cuits pilés avec levain et beurre, et de courage pour scarifier les abcès) plutôt que celle qui provoquait des crachements de sang et qui était fatale à tous coups. Restait à savoir si on lui demanderait son avis.

Sur le chemin, Garin s'offrit un détour par... la totalité du palais. Et il ne trouva pas un seul garde qui ait vu Gaillard ressortir, le soir de sa mort.

En arrivant aux cuisines, il dut encore perdre du temps à raconter comment il s'était tiré de sa triste aventure, avant de pouvoir se servir un bol de soupe. Il s'assit ensuite près d'Isnard et demanda :

– Tu te rappelles le jour où je t'ai laissé ma place ?

– Oui. Tu... tu veux la reprendre ?

– Non non. Je voulais juste savoir si la livraison annoncée ce soir-là est arrivée avant la clôture des portes.

– Avant-hier ? Euh... Non, rien n'est arrivé. C'est grave ?

– C'est sans importance. Simple information.

Donc, si Gaillard était entré, ce n'était pas pour un déchargement. Garin avala sa soupe et alla se chercher une part de tourte.

– Tu m'as dit qu'il y avait déjà eu un crime, ici, non ? interrogea-t-il en revenant.

– Un crime ?

– Une certaine Laure.

– Ah oui... Laure, l'amie de Pétrarque, célèbre poète (il grimaça).

– Qui l'a tuée ?

– Pétrarque disait qu'elle avait été assassinée par Chauliac.

– Chauliac ! Guy de Chauliac ?

– Lui-même.

Crédiou...

20
L'omelette de la vengeance

Garin se sentait très mal à l'aise. Il avait de la considération pour Chauliac et voyait en lui un homme attaché à la science et non aux biens de ce monde. Un curieux plus qu'un avide, somme toute, comme lui.

Or, lui, se sentait incapable de tuer quelqu'un. Pour ça, il fallait de la haine et du temps pour la faire mûrir. Quand on passait ses journées à essayer de comprendre le monde, on n'était pas disponible pour le détruire. Qu'avait-il pu arriver dans le passé de Chauliac pour qu'il commette un meurtre ?

Garin jeta un regard discret au médecin, qui était en train d'aider le pape à s'asseoir dans son fauteuil.

– Géraud, appela alors le pape, voudrais-tu dire à un huissier de faire venir Galopin ? J'aurais besoin de lui.

– Je peux vous aider, intervint précipitamment la côte de Charlemagne avec une jalousie évidente.

– Certes, mon bon Géraud, j'aurais également besoin de toi. Rends-toi au revestiaire et prépare mes vêtements pour l'audience publique.

Tandis que le premier chambrier sortait en serrant la mâchoire, Chauliac protesta :

– Vous pensez vous rendre dans la salle du consistoire ? Mais vous ne pouvez vous déplacer !

– C'est jour d'audience, répondit le pape. Je n'ai pas le droit de décevoir ces pèlerins qui viennent de si loin dans l'espoir de me présenter leur requête. Ils sont sur les routes depuis des semaines, des mois, tandis que je reste au chaud dans mon palais.

« Au chaud » était un terme excessif pour un palais où on ne pouvait jamais quitter son manteau, et qui était plus glacial que la masure Troussebœuf (si petite qu'un simple feu de bois suffisait à la réchauffer.)

Le pape considéra les nouvelles tapisseries installées aux murs et ajouta qu'elles étaient fort belles mais bien coûteuses, et qu'il aurait préféré utiliser d'autre manière cet argent. Cependant, comme elles avaient été payées par avance, il ne pouvait plus rien y faire.

Garin se mordit la langue. Voilà qu'il avait encore médit en critiquant Innocent et son sens de l'économie !

– Mon fils, reprit soudain le Saint-Père, il m'ennuie que tu puisses croire que j'ai trompé les cardinaux en leur affirmant avoir répondu à la bulle d'or de Charles...

Et, à la grande surprise de Garin, il lui expliqua qu'il voulait simplement se donner le temps de la réflexion, que les cardinaux ne lui auraient pas laissé. De plus, ils auraient exigé une protestation solennelle puisque, pour eux, le pape devait conserver coûte que coûte le privilège d'intervenir dans l'élection de l'empereur. Or, lui trouvait inutile de se fâcher avec Charles IV à ce propos. Les princes électeurs allemands ne reviendraient pas sur leur décision, et les sujets de conflit ne manquaient hélas pas en ces temps troublés.

Garin assura qu'il comprenait, et que ce n'était pas son rôle de porter un jugement sur des situations qui le dépassaient, mais il resta incroyablement ému qu'un tel personnage ait jugé bon de se justifier auprès de lui, petit scribe des chemins.

Appuyé d'un côté sur Galopin (fier comme une tique sur le dos d'un chien) et de l'autre sur Garin, le pape se dirigea vers l'escalier qui, depuis l'embrasure de la fenêtre, s'enfonçait tout droit dans le mur. Cet escalier était plus pratique que celui qui se tortillait de l'autre côté et, en plus, on parvenait à s'y tenir à trois de front.

Le pape se cramponnait énergiquement aux maigres épaules des deux garçons, qui s'appliquaient à ne pas émettre la moindre plainte. Leur faible souffrance n'était rien comparée à celle du vicaire du Christ. Ils arrivèrent enfin péniblement au bas des marches et passèrent dans la salle de Jésus où attendait la foule pourpre des cardinaux. Garin n'eut pas le temps de voir si *les siens* étaient là, ils pénétrèrent immédiatement à droite dans le revestiaire.

Géraud, l'air martial et important, fit asseoir le pape dans une magnifique cathèdre ornée en haut de quatre têtes de lion, et agita la main pour signifier aux deux garçons qu'ils devaient repartir.

Galopin consulta Garin du regard – comme s'il ne prenait ses ordres que de lui – avant d'imiter son allure impassible. La côte de Charlemagne réitéra ses gestes, qu'ils s'obstinèrent à ne pas voir. Ils s'assirent même sur des escabeaux et, Galopin singeant Garin, s'intéressèrent aux registres trônant sur les étagères et au magnifique manteau pontifical, rutilant d'or, qui pendait à une tringle.

Géraud dut renoncer. Il passa au pape, sur ses nombreux vêtements blancs de dessous, une aube et une étole, et lui enfila ensuite des sandales rouges d'apparat par-dessus ses bottines fourrées. Il remplaça ses gants rouges par d'autres, richement garnis d'émaux, et finit en lui glissant au doigt l'anneau pontifical.

Garin était en train de songer au porteur d'eau, qui devait mourir de trouille dans sa prison et pour qui il ne pouvait rien tant qu'il n'avait pas éclairci cette affaire de vol, quand le pape lui adressa un signe. Aussitôt, Galopin et lui se mirent en position, et le Saint-Père se releva en s'accrochant à leur épaule.

Le premier chambrier fit comme s'ils ne méritaient pas plus d'attention que la chaise qu'ils remplaçaient, et déploya soigneusement l'aube papale jusqu'aux pieds. Puis il posa sur les épaules le magnifique manteau rouge qu'il attacha devant par un fermail d'or illuminé de pierres précieuses. Garin n'avait jamais vu pareille splendeur. C'est à peine s'il reconnaissait le pape, et il se sentit soudain minuscule.

Quand ils ressortirent dans la salle de Jésus, tous les yeux se braquèrent sur eux.

– Puisqu'il n'y a plus d'escalier à franchir, susurra Géraud, j'ai fait préparer votre chaise à porteur. Quelle que soit la bonne volonté de ces garçons, leur habit manque de dignité, ils ne peuvent passer dans la salle du consistoire.

Le pape leur déclara alors avec ménagement qu'ils étaient certainement fatigués de l'avoir soutenu jusqu'ici, qu'ils lui étaient fort précieux et qu'ils devaient prendre un peu de repos en attendant qu'il les mette de nouveau à contribution.

Ou comment transformer une humiliation en honneur.

La procession des cardinaux passa donc sans eux dans la salle du consistoire, le pape fermant la marche dans sa chaise tendue de tissu brodé d'or.

Galopin se tourna alors vers Garin et demanda :

– C'est toi qui m'as fait venir auprès du Saint-Père ?

– Moi ? Pas du tout, c'est lui qui y a pensé.

Eh ! Finalement, les mensonges les plus agréables étaient ceux qui faisaient plaisir aux autres.

– Tu as déjà vu une audience ? reprit-il en sortant dans le passage entre les deux cours.

– Non, mais Géraud a dit...

– On peut faire partie de la foule, non ?

Le vieux cloître était envahi par les pèlerins qui se pressaient vers la salle du consistoire. C'était la première fois que Garin voyait ouverte l'entrée donnant sous la galerie. Il se faufila en jouant des coudes.

Ahi! Géraud veillait à la porte. Heureusement, il était très occupé à ramasser des petits papiers qu'on lui tendait et où les visiteurs désespérant d'arriver jusqu'au pape avaient inscrit leur question. À chacun il promettait une réponse du Saint-Père pour midi. Garin se glissa derrière lui et s'introduisit dans la salle.

À l'autre bout, sur une estrade, trônaient Innocent et ses cardinaux, éclairés par une lumière diffuse qui venait d'en haut, et qui rendait la scène impressionnante. Garin aurait bien voulu entendre ce qui se disait, mais il se trouvait trop loin, et la foule était si compacte qu'on n'aurait pu y introduire le bout du doigt. Rasant le mur du fond, il gagna le côté où s'alignaient les fenêtres. Là s'ouvrait aussi une porte... qui donnait sur une petite chapelle, moins encombrée. Il s'y glissa.

La chapelle était entièrement ornée de fresques, auxquelles il jeta un coup d'œil. En bas, un chien attendait visiblement les miettes du festin que le peintre avait représenté au-dessus. Les convives étaient installés à une longue table blanche et...

Une pensée affreuse le frappa. Un banquet était le moment rêvé pour un empoisonnement, et il y en aurait bientôt un! Car si, l'autre jour, les serviteurs avaient battu les tapis sur les terrasses, c'était qu'ils changeaient la décoration des chambres d'hôtes. Donc, des visiteurs importants allaient arriver. Et l'ellébore qui était toujours manquant! On visait peut-être un coup d'éclat:

empoisonner le pape en un spectacle macabre. C'était horrible ! Que faire ?

Chauliac ! Lui avait accès à l'ellébore, et il avait déjà assassiné quelqu'un !

Garin fendit la foule sans égard pour les protestations et se précipita vers la tour du pape.

– Il y a un monde fou, lança-t-il à Chauliac en ouvrant la porte du Trésor haut.

Il referma et poursuivit, plus bas pour que les scribes d'à côté n'entendent pas :

– Toujours pas de nouvelles de l'ellébore disparu ?

– Aucune. Cela me tourmente, évidemment.

– Surtout qu'on dit, enchaîna Garin, qu'on veut profiter du prochain banquet pour empoisonner le pape.

– Qui affirme cela ? interrogea le médecin d'un air inquiet.

– Ce sont des bruits qui courent.

– Les bruits... J'en ai entendu tant, et de si sots !

– J'en ai même entendu un vous accusant d'avoir tué quelqu'un. Une certaine Laure.

Ahi ! Il l'avait lâché !

À sa grande stupéfaction, Chauliac ne sembla ni effondré, ni en colère.

– C'est vrai, avoua-t-il, j'en suis coupable.

– Hein ? Vous avez vraiment commis un meurtre ?

Chauliac leva la tête, l'air légèrement offusqué. Néanmoins, il répondit avec calme :

– Un meurtre, non. Je pense que tu fais allusion à l'accusation de Pétrarque. Ses paroles ont dépassé sa pensée. Je suis coupable de n'avoir pas su guérir Laure de la grande maladie, pas de l'avoir tuée de mes mains.

– Elle est morte de la... peste ?

– Sans que je puisse rien faire, hélas. Pétrarque m'en a terriblement voulu. Laure était le grand amour de sa vie, et l'amour fait commettre des folies... Mais après tout, peut-être ne m'a-t-il incriminé que pour se sentir moins fautif.

– Il était en faute ?

– Il était absent, en tout cas. En voyage en Italie. C'est là-bas que la nouvelle lui est parvenue.

– Alors, lâcha Garin à la fois soulagé et furieux contre ce Pétrarque, il ne savait rien ! C'est facile de n'être pas là où on devrait, et d'accuser !

– Je te remercie de ta colère, dit Chauliac, cependant je reste tourmenté par la pensée de tous ceux que je n'ai pu sauver.

Chauliac n'était pour rien dans la disparition de l'ellébore, c'est ce que se répétait Garin dans l'escalier. D'un côté, il en était soulagé, d'un autre, il rageait de n'avoir plus aucun suspect sous la main. Il aurait donné cher pour savoir qui détenait cette maudite herbe du diable !

En passant devant le revestiaire, il jeta un coup d'œil par la porte entrebâillée. Géraud était là, à une table. Il avait entassé devant lui les papiers ramassés, et inscrivait quelque chose sur chacun. Ça alors... !

Garin ouvrit violemment la porte, comme s'il n'avait pas vu qu'il y avait quelqu'un.

– Je viens attendre Sa Sainteté, annonça-t-il. Mais... vous faites les réponses aux pèlerins sans consulter le Saint-Père ?

– Pourquoi pas, répliqua vertement la côte de

Charlemagne, j'ai assisté à assez d'audiences pour connaître toutes les questions, et toutes les réponses. Malgré son immense courage, notre seigneur le pape ne pourra résister longtemps aux élancements douloureux de son pied. Il faudrait qu'il tienne sa jambe allongée, ce qui est incompatible avec la dignité requise par une telle assemblée. Mon devoir est donc de l'aider en limitant la durée de l'audience, et je ne lui soumets que les questions pour lesquelles j'ignore la réponse.

Garin en resta pantois. N'assistait-il pas là à un mensonge tel qu'il les aimait, qui ne faisait de mal à personne et laissait chacun repartir content ? Géraud remontait dans son estime.

– Ah, justement, s'exclama Béranger quand Garin pointa son nez dans la cuisine, il va nous le dire !

– Que puis-je pour vous, messeigneurs ? s'informa l'interpellé en saluant aimablement.

– Il paraît que le pape a fait demander le porte-malheur, est-ce vrai ?

– Un chat noir ? s'étonna Garin en feignant de ne pas comprendre.

– Mais non !

– Un corbeau ? Trois pies ensemble ? Je ne suis pas au courant.

Il avait vraiment pris une expression inquiète, et Isnard précisa :

– Non ! Le gamin de Taragne.

– Ah ! Galopin ! Pourtant tu m'as dit « porte-malheur ». Tu n'es pas au courant que c'est tout le contraire ? Le Saint-Père me l'a assuré encore ce matin : Galopin est un porte-bonheur, c'est pour cela qu'il tient à l'avoir auprès

173

de lui. D'ailleurs, dès que le gamin est arrivé et l'a touché, il s'est senti beaucoup mieux. Tellement mieux, qu'il a pu présider le consistoire. La grande maladie dont Galopin a réchappé démontre l'immense force de vie qui l'habite.

Finalement, il pratiquait comme le premier chambrier : il faisait parler le pape sans le fatiguer. Tous, dans la pièce, le regardèrent avec stupéfaction.

– Tu crois, dit Béranger, qu'il pourrait quelque chose pour ces maudits rhumatismes qui me broient l'épaule ?

– C'est probable, répliqua Garin. Moi, il m'a débarrassé d'une verrue que j'avais là.

Pour preuve, il montra son bras parfaitement sain et qui, à vrai dire, l'avait toujours été.

– Tu crois qu'il peut tout guérir ?

– Nul ne sait comment va et vient le mal. La guérison est fonction de la foi de chacun.

Voilà qui n'était pas trop s'avancer. Si la présence de Galopin ne guérissait pas le malade, ce serait la faute du malade.

Entra à cet instant un serviteur qui portait sur son bras une robe pourpre de cardinal. Il était très ennuyé par une tache qu'il n'arrivait pas à faire disparaître. Une tache fort curieuse, d'ailleurs, un cercle parfait, luisant. On la regarda sans oser y toucher.

– Il faut la tremper dans de la pisse d'âne où tu as fait fondre du fiel de bœuf, conseilla un autre blanchisseur qui attendait que la cheminée soit disponible pour y faire chauffer l'eau de sa lessive.

Garin examina la tache avec curiosité. Il n'était nullement préoccupé par la manière d'en venir à bout, mais plutôt par la manière dont on pouvait s'en faire une pareille. Surtout pour un cardinal qui n'avait guère l'habitude de traîner dans des endroits malpropres.

– Je n'aime pas beaucoup toutes ces histoires de cercles, remarqua Béranger.

– Pourquoi ? s'inquiéta le serviteur. Il y en a eu d'autres ?

– Pas des cercles comme celui-là...

Et, du regard, il désigna les œufs, dans la resserre.

– Depuis que ce panier est là, reprit le cuisinier, on n'a eu que des malheurs.

Voilà qui n'était pas faux. Les œufs étaient arrivés peu après le vol de la proba et, ensuite, les catastrophes s'étaient succédé.

– Si ça se trouve, chuchota Béranger, ce ne sont pas de vrais œufs.

– Eh bien on va voir, décida Garin. On va leur faire un sort avant qu'ils ne nous jettent un sort.

Il alla chercher le panier, se saisit vaillamment d'un œuf, et l'envoya s'écraser contre le mur.

Aucun oiseau de malheur ne s'en échappa. Alors Béranger à son tour en attrapa un, qui prit le même chemin. Petit à petit, chacun voulut l'imiter et, au milieu des cris d'excitation, les œufs volèrent dans la cuisine. On riait, on commentait les tirs, on pariait qu'on allait toucher telle ou telle pierre, bref, on dissipait les angoisses si longtemps contenues.

Le brouhaha était à son comble et le dernier œuf avait rejoint l'omelette sur le mur, quand un homme entra. Sa blouse, maculée de toutes les couleurs de l'arc-en-ciel rappela quelque chose à Garin. L'homme qui peignait le plafond de la grande audience !

– Maître Matteo, salua Eudes, vous tombez bien, nous avons reçu ce matin votre précieuse poudre de lapis-lazuli d'Orient.

– Parfait, se réjouit le peintre, cependant je venais surtout chercher les dix douzaines d'œufs que j'avais commandées pour faire mes couleurs.

21
Une incroyable réapparition

On avait réussi à faire patienter Matteo Giovannetti, grand maître des peintures du palais, en prétextant que le désordre de la resserre demandait quelques recherches, et en promettant de lui apporter très vite sa commande. Restait à trouver d'urgence dix douzaines d'œufs. On ratissa les trois cuisines (tous les convives se passeraient de pâtisserie sans savoir pourquoi), mais on ne put en rassembler que quarante-trois. On envoya les marmitons en acheter d'autres en ville.

Pendant ce temps, la foule des pèlerins s'étant dispersée et le cloître ayant retrouvé un peu de calme, Garin et Galopin ramenèrent le pape à sa chambre.

– Tu retournes à l'écurie, maintenant ? s'informa Garin tandis qu'ils redescendaient ensemble. C'est un travail qui te plaît ?

Comme à chaque fois qu'on lui posait une question, l'enfant rentra la tête dans les épaules. Et puis, d'un ton monocorde, il répondit :

– Pas toujours. Parce que je m'occupe de ce que les autres valets d'écurie ne veulent pas faire.

– Par exemple ?

– Par exemple se lever de nuit pour atteler.

– Pourquoi attelle-t-on de nuit ? s'étonna Garin.

– C'est quand les convoyeurs viennent de loin et qu'ils veulent reprendre la route à la pointe du jour. Comme avant-hier. Ceux qui repartaient pour Paris.

Garin resta stupéfait. Les caca d'oie étaient repartis l'avant-veille à l'aube ? Le jour où on avait découvert le trésor vide ? Et s'ils étaient les complices de Gaillard ? Ils avaient le chariot idéal pour embarquer le trésor.

Crédiou ! Gaillard n'était pas venu décharger, mais charger ! Après avoir dévalisé le trésor, il avait confié le butin à ses complices et était sorti avec eux, caché dans le chariot. Ça expliquait qu'aucun portier ne l'ait vu quitter le palais.

Quelques minutes plus tard, Garin ressortait de la cuisine, un grand panier d'œufs au bras, et toujours songeur. Gaillard avait quitté le palais, cependant il n'était pas allé loin. Ses complices s'étaient vite débarrassés de lui.

Garin releva la tête. Où se rendait-il, déjà ? Ah oui, les œufs. Il se sentait un peu responsable de cette affaire et s'était engagé à rapporter lui-même sa commande à maître Matteo, à la grande chapelle.

Comment Gaillard s'était-il procuré les clés ? Sans doute directement chez ceux qui les possédaient (le pape, le trésorier ou le héron). On le demandait pour toutes sortes de travaux, et on ne s'occupait pas plus de lui que s'il était un meuble.

Mordiou, quelque chose ne collait pas : Gaillard avait été tué en début de nuit, il n'avait pas pu sortir dans le chariot au matin !

Garin se rendit soudain compte qu'il était arrivé devant la porte de la chapelle, et que ses yeux étaient distraitement posés sur des gravures, en bas, qui représentaient des damnés précipités en enfer. Ahi ! mauvais signe !

Il glissa la tête par le battant ouvert. La chapelle ne possédait pas la moindre fresque, seulement les éternelles tentures vertes à roses rouges. Matteo Giovannetti était bien là, à plaquer des feuilles d'or sur une grande chaise. Il bavardait avec le fourrier qui, lui, revêtait la cathèdre du pape de ses riches ornements, sans doute pour une cérémonie

– Ah ! s'exclama le peintre en le voyant entrer, on a enfin retrouvé ma commande !

– Pas entière, s'excusa Garin. Ne sachant pour qui elle était, les cuisiniers ont distrait quelques œufs pour leurs plats. On en a commandé d'autres immédiatement, vous les aurez bientôt.

– Ça me suffit pour l'instant. Et puisque mes lapis-lazuli sont arrivés, je vais pouvoir me lancer dans le bleu. Ma couleur préférée. Tu l'aimes aussi ?

– Ma foi, dit Garin qui avait un faible pour le rouge et venait de voir la facture de la livraison, c'est une peinture horriblement chère...

– Mais dont le prix est justifié. Noblesse, profondeur... Chaque fois que j'y trempe mon pinceau, je suis saisi d'admiration. Le moindre trait devient une fête. Sais-tu comment l'appellent les alchimistes orientaux ? « La fleur des peintres ». Je vais enfin pouvoir finir le ciel qui veille sur mes prophètes.

Ah ! les hommes représentés sur le plafond de la Grande Audience étaient donc des prophètes.

Garin fut soudain intrigué par les taches de peinture sur la blouse de Matteo, sans pourtant comprendre pourquoi elles attiraient son attention. Il se sentait dans un flou absolu et détestait ça. Ce qui l'agaçait le plus, c'était la certitude qu'on se fourvoyait dans cette affaire, et que le porteur d'eau n'était pas coupable du meurtre. Cepen-dant, il ne pouvait pas le prouver tant qu'il n'aurait pas réussi à démontrer l'implication de Gaillard dans le vol

Il songea alors à noter côte à côte les éléments impor-.ants, ce qui ferait peut-être apparaître la vérité. Oui... Il allait de ce pas récupérer sa tablette auprès d'Isnard.

Il arrivait à la cuisine quand il croisa Galopin qui en sortait. Celui-ci ne le vit même pas, et Garin se retourna pour le regarder s'éloigner. Le gosse était méconnaissable. On ne pouvait pas parler de sourire sur son visage (il en ignorait l'usage) mais il semblait comme éclairé de l'intérieur.

– Je viens de croiser Galopin..

– Ah! Le petit! s'exclama Béranger. C'est vrai qu'il a un don. Je lui ai demandé de poser la main sur mon épaule, et j'ai tout de suite senti un soulagement de mon rhumatisme.

– Moi, ajouta un marmiton, à peine il est entré dans la pièce que ma sauce a pris.

Alors ça, c'était la meilleure! *Crois d'abord et tu verras*, vieux proverbe sarde traduit de l'irlandais par saint Garin.

Galopin ne faisait certainement pas de miracles, mais lui, Garin Troussebœuf, en avait fait un. Il avait transformé un porte-malheur en porte-bonheur, juste par un petit mensonge bien placé.

– Je l'ai tout de suite su, conclut-il, rien qu'à ses yeux. Des yeux... de prophète.

On entendit une exclamation et Béranger se redressa, l'air plus ahuri qu'un fondeur de cloches, tenant au bout de sa louche une nef en forme de char, tout enrobée de graisse.

22
Un cercle de sorcière

– Dans le saindoux, n'arrêtait pas de répéter Béranger tandis que le fourbisseur de vaisselle nettoyait avec soin la nef, je l'ai trouvée dans le saindoux ! J'en découpais un morceau et je sens quelque chose de dur... Alors je mets la jarre près du feu pour faire fondre et voir de quoi il s'agit. La nef d'argent de notre Saint-Père ! Dans la jarre que je viens de rapporter de la resserre !

Le fourbisseur tendit l'objet à Eudes, qui l'ouvrit avec précaution. La proba s'y trouvait toujours...

La proba, en argent, avait la forme d'un petit arbre aux branches duquel pendaient les fameuses langues de serpents. On s'agglutina autour.

Si la nef n'était pas un bateau, les *langues* n'avaient pas grand-chose à voir, non plus, avec les serpents. Il y avait là des pierres translucides, d'étranges dents, et d'autres objets mystérieux qui, d'après Isnard, étaient de la corne de licorne et des pierres de foudre*.

---

* Les dents venaient de poissons fossiles, la corne de licorne était en réalité de l'os de narval, et les pierres qu'on croyait générées par la foudre, des pointes de flèches en silex datant de la préhistoire.

– Il faut prévenir d'urgence, bredouilla Béranger avec un peu d'affolement. Vous avez vu, je l'ai découverte dans la jarre !

Il commençait à avoir une peur terrible de se retrouver une nouvelle fois en position d'être accusé.

– Quelqu'un l'aura glissée là pour la dissimuler, suggéra Isnard. Où se trouvait la jarre ?

Ils passèrent dans la resserre et Béranger désigna une place vacante, au fond de la rangée.

– Tu prends tes torchons propres sur le dessus du tas, s'étonna Garin, et tes jarres dans le fond ?

– Les torchons, on en a souvent besoin très vite, et on dérange tout si on en tire un du fond. Les jarres, quand on les rentre, on les pose devant, alors celles du fond sont plus vieilles, je commence par elles.

Celui qui avait caché la nef là, songea Garin, ignorait sûrement ce détail, et il la croyait à l'abri pour plusieurs mois. Donc ce n'était pas un gars de la cuisine.

Seulement, pour glisser un objet du saindoux, il fallait le faire fondre. Donc c'était un gars de la cuisine.

– Quelqu'un a chauffé la jarre ? questionna-t-il.

– Impossible, protesta énergiquement Béranger, on est toujours nombreux ici, personne n'aurait pu le faire sans que les autres le sachent.

On commença à se dévisager avec suspicion.

Garin se demanda alors si on aurait pu emporter la jarre ailleurs, et il en souleva une pour se rendre compte... C'était plutôt lourd. Au moment où il la reposait sur le sol, il s'aperçut qu'elle lui avait laissé une tache de gras sur le pourpoint.

Une tache ! Voilà à quoi lui avaient fait penser les mar brures de la blouse du peintre : elles arboraient le formes les plus folles, mais aucune n'était circulaire comme celle de la robe du cardinal. Une trace qui semblait relever de la sorcellerie.

À y réfléchir, la tache du cardinal était du même genre que celle qu'il venait de se faire. Et elle avait la forme et la taille d'un goulot de jarre !

Dans la cuisine volaient maintenant les thèses les plus folles. Béranger défendait avec véhémence celle du sortilège : la proba avait disparu par sorcellerie, elle était réapparue par l'intervention de Dieu, qui ne pouvait laisser sans défense son représentant sur terre.

C'est alors que Garin se souvint de cette chose rouge, qu'il avait vue disparaître dans l'escalier à son premier jour en cuisine.

Doucement... Il ne fallait pas s'emballer. Il n'imaginait pas un cardinal transportant une jarre et, en plus, en tenant le goulot contre lui !

Il demeura songeur. Ces jarres étaient volumineuses, on ne pouvait guère en emporter une discrètement. Ou alors, enveloppée dans quelque chose. Un tissu ? Assez grand et flou pour...

Une robe de cardinal ?

Et tandis que les autres cherchaient la signification profonde de la jarre de saindoux que Dieu avait choisie pour faire réapparaître la nef et sa proba, Garin se demandait qui pourrait réchauffer une jarre dans une cheminée sans éveiller l'attention.

Il voulut poser la question mais, déjà, on faisait le rapprochement entre le saindoux et le saint chrême, autre matière grasse, dont le nom avait une sonorité voisine, et qui servait pour le baptême. On en était si ému que Garin n'osa briser dans l'œuf la sainte révélatio.. D'ailleurs, son attention venait d'être attirée par le blanchisseur, qui attendait toujours d'avoir la disposition de la cheminée.

UN blanchisseur ! Pour surveiller le linge, pas besoin d'un bataillon. Un homme seul suffisait auprès de la cheminée.

Un BLANCHISSEUR !

Garin en connaissait personnellement trois : celui qui attendait ici, celui qui avait essayé de faire partir la tache de gras (et qui n'en était certainement pas responsable, sinon il ne l'aurait pas claironné sur les toits) et celui qui était devenu ensuite goûteur...

Crédiou ! Le nouveau goûteur était celui qui avait mis les torchons au mauvais endroit. Il avait pu croire que le rangement de jarres de saindoux s'effectuait de la même manière. En plus, il avait prétendu être heureux de quitter les lieux, en s'arrangeant pourtant pour y rester.

Crédiou ! Une machination épouvantable était en train de se mettre en place !

À cet instant, comme par un coup du sort, la petite cloche annonça le repas. Et elle sonnait gaiement, sans se douter de rien ! Il fallait retrouver ce goûteur, et vite ! Car il avait en sa possession l'ellébore, Garin en aurait mis sa main au feu. Sous les yeux stupéfaits des autres, il se précipita dehors.

– Eh bien, dit Béranger, l'idée d'être en retard pour le repas du pape a l'air de lui foutre une sacrée trouille. Je ne l'aurais pas cru du genre anxieux.

– Il ne monte pas vers les appartements privés, remarqua Isnard, il est sorti par le couloir. Je crois qu'il va aux latrines

Personne ne rit aux supposées coliques de Garin. Dans un silence de mort, chacun sonda aussitôt ses entrailles pour y chercher l'indice de la même indisposition.

Garin ne souffrait aucunement de coliques subites, il venait simplement de songer que le goûteur avait l'habitude de passer aux latrines à cette heure précise – l'idée de risquer sa vie à chaque repas devait lui malmener la vessie. Même s'il était l'empoisonneur, il pouvait toujours craindre un autre empoisonneur.

Si Garin voulait l'attraper là, c'est qu'il répugnait à l'accuser devant tout le monde sans avoir de preuve. Il entra en trombe dans la petite pièce, faisant sursauter le tailleur et le marchand de chausses qui discutaient.

– Vous n'avez pas vu le nouveau goûteur ? demanda-t-il.

– Non, dit le tailleur, mais j'ai le plaisir de t'annoncer que ton habit est fini.

– Ah ! Je passerai dès que je pourrai.

Il gagna rapidement les latrines supérieures. Raté, le

goûteur n'y était pas non plus. Les occupants, un gantier et deux laveurs de draps, l'informèrent qu'il venait de ressortir

Garin reprit sa course. Il abordait le grand tinel quand il l'aperçut à l'autre bout, qui se faisait ouvrir la porte par l'huissier

« Service du pape ! » annonça-t-il avant que ce dernier ne referme. Et il fonça derrière le goûteur qui était déjà en train de descendre dans la chambre de parement. À l'autre bout de la salle, l'arrivée du pape mobilisait l'attention. D'un bond, Garin se laissa tomber sur le goûteur et ils s'affalèrent tous deux, jambes entremêlées, au bas des marches, contre le bois du lit.

– C'est toi qui as volé la proba, chuchota-t-il avec véhémence, et qui l'as cachée dans le saindoux ?

L'autre reprit ses esprits et réalisa enfin qu'il ne s'agissait pas d'un accident. Garin lui appliqua la main sur la bouche en ajoutant :

– Si tu bouges, si tu cries, c'est avec eux que tu vas devoir t'expliquer.

Et, d'un mouvement de menton, il désigna la salle, de l'autre côté du lit.

À son grand soulagement, le goûteur ne bougea pas d'un cheveu, ce qui démontrait clairement sa culpabilité.

– Ne dites rien, je vous en prie, souffla l'homme d'un air affolé.

– Pourquoi as-tu fait ça ? Pour devenir goûteur à la place du goûteur ?

– Non... Non.

– Pour pouvoir manigancer l'empoisonnement du pape ?

L'homme se signa rapidement d'un air effrayé.

– Je n'aurais pas dû, murmura-t-il enfin, je n'aurais pas dû. J'ai seulement obéi.

– Qui t'a donné cet ordre ?

– Un damoiseau que le pape a renvoyé chez lui. Mais moi, j'étais juste chargé de faire disparaître la proba, je vous le jure ! Parce que j'étais blanchisseur et que je pouvais aller partout avec du linge sur les bras. Je... je l'ai attrapée avec un lot de torchons au moment où on venait de la poser sur la table.

– Et après ? La cachette ?

– J'y ai pensé quand j'ai entendu Béranger se plaindre que le saindoux était dur comme du bois à cause du froid. Je suis passé par la resserre, toujours avec du linge sur les bras...

– Une robe de cardinal.

Le goûteur ouvrit des yeux stupéfaits, comme si Garin était devin.

– Tu l'as monté près d'une cheminée. Où ?

– La cuisine haute, bredouilla l'homme. C'est là que je mettais mon linge à bouillir. On se partage le temps et c'était mon jour... Comment vous avez su que c'était moi ?

Garin se contenta de lui lancer un regard profond, un regard de devin.

– Et comment avez-vous retrouvé la proba ? Elle était tout au fond de la resserre.

– C'est que les jarres ne sont pas des torchons.

Et, sans laisser au goûteur le temps de comprendre, Garin enchaîna :

– Et l'ellébore ? Où est-il ?

– Je n'y suis pour rien. C'est un de ceux qui ont été renvoyés qui l'a, je ne sais pas lequel.

– Un de ceux... Ils étaient tous d'accord ?

– Oui, sauf que certains voulaient utiliser vraiment l'ellébore pour empoisonner le pape, alors que d'autres voulaient juste le faire disparaître pour l'inquiéter.

Garin relâcha son étreinte. Inquiéter le pape... Était-ce pour cela qu'ils avaient si mal dissimulé le sachet vide ? Pour qu'on le trouve ?

– Qu'ont-ils finalement décidé ?

– Je l'ignore, je vous le jure. Et je ne sais pas si le coupable est toujours dans ces murs, c'est pour ça que ça me rend malade de faire le goûteur. Seulement j'ai douze gosses, il faut bien les nourrir.

Eh ! Le courage pouvait donc venir avec les responsabilités.

– Et le vol du trésor, et la mort de Gaillard, qui en est coupable ?

– Je n'en sais rien, je vous en donne ma parole, ça ne faisait pas partie du plan... Je vous en prie, messire Garin, ne dites rien. J'ai volé la proba, mais je n'aurais pas touché un cheveu du Saint-Père. Maintenant, je le servirai avec dévouement jusqu'à la fin de mes jours, je le jure sur la Vierge Marie.

Il regardait quelque chose sur le mur d'en face, et Garin vit qu'il s'agissait d'une peinture représentant la Vierge. On lui sentait une parenté avec les prophètes, elle devait également être de la main de Matteo.

– Je vous en supplie, messire Garin, laissez-moi faire le goûteur.

Garin s'appuya le dos au mur... Bah !

– Dépêche-toi, on t'attend, dit-il en désignant des yeux le petit tinel.

Dans la cuisine, la réapparition de la proba était maintenant incontestablement tenue pour un miracle. Garin alla se servir un morceau de bœuf bouilli et des carottes, et revint s'installer à table pour manger...

Et vlan ! il avait encore le tréteau !

Dans la niche du mur, près de lui, il aperçut le registre des livraisons et sa tablette, qu'il récupéra. La cire n'avait pas été lissée après sa dernière inscription et présentait toujours ses deux colonnes. Dans celle des entrées était écrit : « 15 tapisseries ». Dans celle des sorties : « 429 écus d'or à verser ».

À verser ? Il y avait erreur, puisque – le pape l'avait dit – les tapisseries avaient été payées à la commande.

– Quelque chose ne va pas ? demanda Isnard en le voyant inquiet.

– Les convoyeurs des tapisseries ont été payés avant de partir ?

– Bien sûr. D'ailleurs ils ont signé le registre, là, à la date du 4 janvier.

Le 4 ! Le jour du départ du chariot !

– Qui les a payés ?

– La grande trésorerie, sans doute.

Le pape avait menti !

– Est-ce que tu pourrais vérifier auprès de tes anciens compagnons ? demanda Garin.

– Pourquoi ?

– Un détail qui m'embête.

23

Une catastrophe catastrophique

Garin avait prétendu auprès de Chauliac qu'on avait besoin de lui aux livraisons, à cause d'un très gros arrivage de Milan : armes, cottes de mailles, bassinets, coudières, genouillères… Un capharnaüm de morceaux de ferraille. L'arrivage était réel, qu'on ait besoin de lui l'était moins. Ça lui avait juste donné l'occasion de récupérer son sac et son écritoire, et de s'éloigner un peu. Il n'avait plus envie d'habiter la tour, ni de côtoyer son principal locataire. En lui mentant à lui, le pape s'était déconsidéré.

Ne me faites pas la morale, saint Garin, un pape n'a rien à voir avec un scribe de grand chemin !

– Garin ! interpella Isnard. J'ai ta réponse. Effectivement, aucune tapisserie n'a été payée. Je ne comprends pas, les convoyeurs m'ont pourtant dit que tout était en règle. Qui aurait pu les payer, si ce n'est la trésorerie ?

Garin avait bien peur de le savoir, lui : ils avaient été payés avec de la vaisselle d'or. De la vaisselle soi-disant volée dans le Trésor bas.

C'était affreux ! Une épouvantable catastrophe. Pour ne pas avouer qu'il dépensait malgré ses prises de position, le pape s'était fait lui-même cambrioler son trésor.

Par Gaillard ?

Ça c'était trop ! Si le pape avait fait ça, s'il était la cause de la mort du manouvrier, alors Garin promettait de ne plus jamais croire en Dieu.

Et pourtant, il avait beau retourner les informations dans tous les sens, il en revenait toujours là.

– Alors, qu'est-ce que tu en penses ? insista Isnard.

– Les convoyeurs ont dû se rendre compte que les tapisseries avaient été payées à la commande, dit-il d'une voix blanche.

Ils avaient été payés avec de la vaisselle d'or, et Gaillard avait été réquisitionné pour effectuer le chargement. Parce qu'il était seul capable de soulever les dalles. Les convoyeurs n'étaient pas partis en emportant un butin, mais le paiement de leur commande. Et, ensuite, on avait supprimé le témoin gênant.

Horrible.

J'ai besoin de prendre l'air, déclara-t-il en se levant. Je vais faire un tour en ville.

– Avec ton sac et ton écritoire ?

– On ne sait jamais quand on en a besoin, répondit Garin.

Surtout qu'il partait définitivement. Il ne reviendrait jamais. Et tant pis pour le pape si l'ellébore ressortait de sa cachette.

– Tu sais comment on peut quitter ce palais sans emprunter les portes ? demanda-t-il.

– Pourquoi, tu veux te cacher ?

– J'ai dit à Chauliac que j'avais du travail ici, je ne voudrais pas qu'il sache que je suis allé me promener.

Isnard se mit à rire.

– Je ferais bien pareil, soupira-t-il, seulement j'ai le

192

chargement de Milan à vérifier. (Il lui fit un clin d'œil.) Pour sortir, il y a les égouts. Un homme peut facilement s'y tenir debout, et ils mènent à la rivière.

Crédiou, Gaillard avait pu sortir par là !

– Il y a aussi la salle de la Théologie, poursuivit Isnard. Sauf que ce n'est pas si fa... Si, bien sûr, c'est facile ! Il suffit d'emporter... Attends-moi là.

Quelques minutes plus tard Garin quittait le cloître avec, en plus de ses affaires personnelles, un grand sac de jambières métalliques. Il traversa la cour d'honneur et frappa à la porte de la salle logée sous le grand escalier, et où l'on conservait l'armement.

Étant donné son chargement, les gardes le firent immédiatement entrer. Garin les laissa commenter avec intérêt ces nouvelles pièces d'armure et ressortit par la porte d'en face. Comme le lui avait expliqué Isnard, il trouva un escalier de bois amovible – de ceux qu'on retirait en cas de danger – et descendit dans la salle voûtée. On était en train d'y installer des bottes de paille pour compléter les places assises, le nombre de bancs étant sans doute insuffisant pour le prochain cours.

Il se retrouva dans la rue, juste derrière la nouvelle tour. C'était à une fenêtre de cette tour qu'il avait aperçu pour la première fois le manouvrier et, bien que leur premier contact ait été rude, il ne pouvait penser à lui sans tristesse et amertume. Son enquête s'arrêtait là. D'une part, il répugnait à impliquer le pape, d'autre part ça lui coûterait certainement la vie. On n'accuse pas impunément le représentant du Christ sur la Terre.

– Eho !

C'était le mendiant.

– Alors, s'informa Garin, ces ossements, tu les as remis ?

– Parfaitement. Et tu ne sais pas le meilleur ? Les preuves de la mort, que j'apportais, laissent à la famille un sacré héritage. On m'a béni, ça oui, et récompensé. J'ai ripaillé comme jamais... Mais maintenant, il ne me reste plus un denier, alors je trace mon chemin.

– Eh bien, on est arrivé ensemble, on repart ensemble.

Ils approchaient du pont quand le mendiant demanda :

– On n'a pas libéré le porteur d'eau ?

– Non. Tu es au courant de l'affaire ?

– Oui. Le pauvre gars n'y est pour rien.

Garin le contempla avec stupéfaction.

– Tu sais quelque chose ? Alors il faut le dire.

Oh, moi, ce n'est pas mon genre de me mêler de ce qui tombe d'en haut. Ni la pluie, ni les malédictions du Ciel, ni les hommes.

– Qu'est-ce que tu veux dire par « tomber d'en haut ». Gaillard n'est pas tombé d'en haut.

– Que si ! Même qu'il faisait clair de lune et que je couchais à l'abri de la nouvelle tour. Quand j'ai vu ça, j'ai décampé en vitesse. Personne n'a intérêt à se trouver là où se commet un meurtre.

– Gaillard n'a pas été assommé dans la rue ? fit Garin, suffoqué.

– Il est tombé de la terrasse de la chapelle, je te dis.

Incroyable. Ahurissant. Cependant ça expliquerait que personne n'ait vu Gaillard quitter le palais.

Crédiou ! Ça expliquerait aussi ses blessures ! Son crâne n'avait pas été fracassé par un madrier, mais par le choc.

Tombé... ou jeté ! Dans ce cas, son assassin ne venait pas de la rue, il se trouvait dans le palais !

Qui ?

La pensée du porteur d'eau qui croupissait en prison mit Garin mal à l'aise. Il ne pouvait le laisser choir ainsi ! Que faire ?

Évidemment, ce n'était pas le pape qui avait jeté Gaillard de là-haut, même s'il était au courant...

Une voix douce interrompit ses pensées :

– Mon frère, veux-tu entrer pour une visite à saint

195

Bénezet ? Il guérit tous les maux, ceux du corps et ceux de l'âme.

Je connais, soupira Garin. C'est bon, je vais lui rendre une petite visite.

Il avait, en réalité, surtout besoin de réfléchir.

Il ne faisait pas aussi froid que lors de son premier passage, mais le Rhône charriait toujours des eaux boueuses. Il descendit les marches et pénétra dans la chapelle. Tant qu'il serait agenouillé là, personne ne le dérangerait.

Saint Bénezet, dites-moi qui a pu jeter Gaillard de là-haut.

... Celui qui a payé la livraison avec la vaisselle d'or, c'est probable.

Mais encore ?

Pas le trésorier, il était malade.

Qui, alors ?

Celui qui peut prendre ce genre de décisions.

C'est-à-dire ?

Le responsable des affaires du palais.

Crédiou ! Le héron ! Comment n'y avait-il pas pensé plus tôt ! Et il possédait les clés ! Qui mieux que lui, pouvait se permettre de convoquer Gaillard pour le transport ? Ensuite, s'il voulait qu'on croie à un vol, il fallait empêcher le manouvrier de parler.

Et il l'avait défendu, lui, quand on l'avait accusé ! S'il était sûr de son innocence, c'est qu'il connaissait le voleur, et qu'il ne voulait pas ajouter, à une conscience déjà peu reluisante, la mort d'un scribe de grand chemin.

Voilà comment une bonne action devenait une preuve de culpabilité. Un peu décourageant...

Et le porteur d'eau ? Pourquoi le héron ne l'innocentait-il pas ?

Parce que ce serait avouer que Gaillard n'était pas mort d'une agression dans la rue.

Seul Garin avait le pouvoir d'innocenter le porteur d'eau. Oui. Sauf que rentrer au palais lui brisait le cœur et lui fichait la trouille. Et puis, revoir le pape...

Qu'est-ce qui te prouve que le pape était au courant ? protesta saint Bénezet.

Il avait raison ! Comment un homme aussi droit pouvait-il manigancer des horreurs pareilles ? Le pape était victime d'une crise de goutte qui le clouait dans ses appartements, le héron en avait profité pour régler les problèmes d'argent sans l'en informer, et en lui laissant croire que la commande était déjà payée.

Oui, c'était au pape que le héron craignait que Gaillard ne parle. Il ne voulait pas que Sa Sainteté mesure l'ampleur des difficultés financières du palais dont il était, lui, le responsable.

Oh ! Ça allait mieux, beaucoup mieux. Le pape était innocent... Le pape était Innocent ! Eh eh...

Garin glissa quelques pièces reconnaissantes dans le tronc du saint et remonta.

– As-tu trouvé l'apaisement, mon frère ?

Garin remarqua que le bon moine n'avait qu'une moufle, sans doute tout ce qu'il avait pu s'offrir avec son précédent denier. Il lui en glissa un autre.

– Ce bon saint Bénezet dit que je ne trouverai le repos que lorsque que tu porteras les deux moufles, commenta-t-il.

Le mendiant avait disparu, mais Garin savait bien qu'il n'aurait jamais témoigné. Non, tout reposait sur ses épaules. Du bout de la rue, il observa la façade du palais et la porte sous les deux tourelles. Pour la première fois, il allait emprunter l'entrée officielle. Le nombre impressionnant de gardes qui veillaient tout au long du passage y menant lui fit très mauvaise impression, comme s'il se jetait dans la gueule du loup.

Hésitant, il demeura là, à contempler le bâtiment d'un œil méfiant.

Il connaissait très peu cette aile du palais. Il n'en savait que deux choses : elle abritait tous les personnages importants (trésorier, camérier, notaires), et elle pullulait de gardes. Il examina les trois belles fenêtres surmontées d'une sorte de croix. Elles semblaient identiques, sauf que celle de gauche était munie de barreaux. L'appartement du trésorier ? Ainsi, c'était là qu'il avait été alité toute la semaine. D'ailleurs, Garin n'avait jamais vu à quoi il ressemblait, celui-là.

Son œil fut soudain attiré par une silhouette qui venait de surgir dans le créneau entre les deux tourelles, une silhouette vert foncé, qui brillait dans le soleil. Géraud. Son cousin, en vert clair, était en train d'installer les anciennes tapisseries de la chambre du pape sur les merlons pour les battre. Ils allaient sans doute les réutiliser pour décorer cette chambre. Qui vivait là ? La côte de Charlemagne ne s'occupait pas du menu fretin...

Garin eut une pensée pour le porteur d'eau – qui, lui, n'avait pas droit à une chambre rutilante – et, d'un pas décidé, il marcha vers la grande porte.

24
Une lumière... clignotante

Comme on ignorait encore sa désertion, on indiqua sans difficulté à Garin où il pourrait trouver le juge : dans la salle de la petite audience, au fond à droite.

Quand il y pénétra, il n'en menait pas large, il se rendait compte de la faiblesse de ses preuves. Une séance de débats venait de finir et le juge se tenait encore sur l'estrade du tribunal. Ahi ! Le camérier était avec lui. Et le *Quoi ?*. Garin faillit faire demi-tour.

Seulement le camérier l'avait aperçu et ne le quittait plus des yeux. Avait-il décelé sur son visage le signe qu'il avait tout deviné ? Comme un automate, Garin continua à avancer.

– Je viens vous informer que le porteur d'eau que vous détenez en prison pour le meurtre de Gaillard n'est pas coupable, dit-il d'une voix qu'il tentait de raffermir.

– Que nous chantes-tu ? lâcha le *Quoi ?* d'un air méprisant.

– Gaillard a fait une chute depuis les terrasses. Quelqu'un l'a vu.

– Impossible. Personne ne monte aux terrasses pendant la nuit. Il y a des gardes partout et des rondes de nuit.

– Personne sauf quelqu'un d'insoupçonnable.

– Gaillard n'a aucun titre à...

– Aussi n'est-il pas monté seul.

Et, sans dire un mot du héron, Garin rappela que le meurtre avait eu lieu la même nuit que le vol dans le Trésor, vol auquel Gaillard avait certainement donné la main et que, en plus, ce matin-là avait vu le départ des convoyeurs.

– Rien ne prouve qu'ils aient emporté le trésor, contra le *Quoi ?*.

Pas faux. Tout n'était que suppositions. Garin se sentait de plus en plus mal et, surtout, il avait conscience d'être complètement crispé à force de s'empêcher de regarder le héron. À sa grande surprise, celui-ci dit alors :

– Je crois qu'il a raison. Mon neveu Eudes, qui remplace actuellement le maître d'hôtel, a remarqué que les convoyeurs étaient repartis sans que leur facture soit réglée.

Garin en resta sidéré. Le camérier risquait d'être un adversaire redoutable. Aucune émotion ne transparaissait, il était impressionnant de calme.

– Il faut, reprit le héron, savoir si quelqu'un est monté sur les terrasses pendant la nuit.

Sur les terrasses, la nuit... Crédiou ! « Terrasses » se répéta Garin en parlant du nez comme la côte de Charlemagne.

Géraud avait dit au pape quelque chose comme : « Ne vous inquiétez pas si vous entendez du bruit, je vais monter les anciennes tapisseries sur la terrasse. L'éclat de la lune ravive les couleurs ». S'il avait cru bon de rassurer le pape au sujet du bruit, c'est que le pape n'était bel et bien au courant de rien ! Quel soulagement ! Géraud avait pillé le trésor avec l'aide de Gaillard. Et il avait ouvert tous les coffres pour faire croire à des voleurs qui tâtonneraient. Par sa fonction de premier chambrier, il était le mieux à même de se procurer les clés.

Celles de la chambre du cerf ? Personne n'y demeurait jamais seul. Les huissiers, qui veillaient jour et nuit, n'en sortaient que lorsque le pape en personne s'y trouvait.

Celles du camérier ? Il aurait fallu les voler à sa ceinture sans qu'il s'en aperçoive, et ensuite les remettre à leur place. Difficile.

Le trésorier ? Il était alité. Malade ! N'était-ce pas ce fameux jour, que Géraud avait demandé l'autorisation d'apporter aux malades le reste de bouillon ? À un malade bien précis, oui !

Les convoyeurs avaient renoncé à être payés parce que la vaisselle d'or était une meilleure affaire. Ils s'étaient chargés du convoyage contre une part du butin.

Ensuite, Géraud s'était débarrassé de son témoin pour l'empêcher de parler. De même que le goûteur avait emballé la jarre dans une robe de cardinal, lui avait emballé le corps de Gaillard dans une tapisserie. Il y avait au moins un point commun entre ces deux affaires...

Seulement, une tapisserie avec en plus Gaillard dedans, ça pesait son poids. Il lui avait fallu un complice.

... Son dévoué cousin ?

– Nous devons tirer cela au clair, déclara le juge en faisant à Garin signe qu'il pouvait s'éloigner.

Ou plutôt signe qu'il devait s'éloigner. Sûr qu'ils allaient s'attribuer sans tarder la découverte des éléments nouveaux de cette enquête. Une fois que Garin aurait passé la porte, ils ne se rappelleraient même plus son rôle dans l'affaire. Un petit rien du tout qui ne leur arrivait pas à la cheville...

Eh bien, cette affaire, il la tirerait au clair avant eux !

Géraud, il savait à peu près où il se trouvait. Restait à comprendre par quel cheminement parvenir là-haut. Il prit le premier escalier qui se présenta à lui. Comment retrouver la pièce qu'il avait aperçue de dehors ? Dédale de couloirs et d'escaliers, portes partout, il s'égara dix fois. Quand il reconnut la salle des herses – forcément juste au-dessus de la porte d'entrée – il comprit qu'il s'était trompé d'étage. Il n'entra pas se renseigner, de peur qu'on s'intéresse trop à ce qu'il faisait là, et prit l'air absorbé de celui qui est convoqué d'urgence et n'a pas de temps à perdre. Il avait toujours sur lui tout son fourbi de voyage. Il revint sur ses pas.

Quelques corridors et escaliers plus tard, il arriva dans une longue galerie silencieuse. Par une fenêtre ouverte, il repéra qu'il se trouvait au-dessus de la cour d'honneur. En face, dépassant des terrasses, on apercevait l'horloge, près de la tour du pape. Elle marquait presque trois heures.

Tout au long de la galerie où il se trouvait, le jonc frais qui couvrait le sol était semé de flaques de lumière révélant la présence de nombreuses fenêtres dans le mur de droite. Au centre, une lumière plus vive venant de la gauche signalait le côté ensoleillé, et la pièce ouverte. Il s'avança prudemment. Au-dessus de sa tête, les monstres grimaçants qui soutenaient les arcades semblaient le surveiller en ricanant.

Il approchait de la trouée de soleil quand il entendit des voix. Une voix. Pincée. Et qui donnait des ordres sur un ton agacé. La côte de Charlemagne.

Garin sursauta. Au moment même où il allait jeter un coup d'œil à l'intérieur de la chambre ouverte, Géraud sortait en reculant. Il lui rentra dedans. Ahi !

– Qu'est-ce que tu fais là, toi ?

Garin regarda vivement dans la pièce. Il n'y avait que le cousin, qui commençait à déployer l'ancienne tapisserie de la chambre du pape.

– Je suis venu vous prévenir, lança-t-il vivement.

– De quoi ?

Garin jeta un regard vers la fenêtre ouverte en se demandant s'il pouvait sauter par là en cas de coup dur. Seulement c'était beaucoup trop haut. Il ne pouvait fuir que par la galerie. Il ne devait donc entrer dans la chambre sous aucun prétexte s'il tenait à sa peau.

– Un témoin a vu Gaillard tomber de la terrasse de la grande chapelle. Or vous y êtes allé, cette nuit-là, soi-disant pour porter les tapisseries à la lumière de la lune. Le corps de Gaillard était enfermé dedans !

Était-ce bien prudent, comme entrée en matière ? La côte de Charlemagne ouvrait des yeux effarés.

– Qu'est-ce que tu r...

– On a retrouvé, serré dans la main de Gaillard, un bouton de votre surcot.

C'était archifaux, bien sûr, mais Géraud jeta vite un coup d'œil à son vêtement.

– Il n'en manque aucun, tu mens !

– Il n'empêche que vous avez vérifié.

– Tu désignes mon habit, je regarde instinctivement ! s'emporta Géraud.

– Le fabricant de boutons a reconnu ceux qu'il vous a faits, à vous et à personne d'autre. Un premier chambrier a un uniforme particulier. Le jour du meurtre, ce n'est pas ce surcot-ci que vous portiez mais un autre, auquel il manque un bouton.

Garin n'en avait pas la moindre idée, toutefois le doute se peignit sur le visage de Géraud. Garin poussa son avantage :

– Vous feriez mieux de vous livrer avant que tout le monde soit au courant.

– Personne ne sera au courant, grinça le premier chambrier en se jetant sur lui et en lui emprisonnant le cou entre ses mains.

Garin se sentit étouffer, il avait beau se débattre, les doigts longs et nerveux ne faiblissaient pas, stimulés par l'énergie du désespoir. Il se sentit poussé vers la fenêtre, le rebord lui rentra dans les côtes, son corps glissa sur la pierre, sa tête se renversa vers l'arrière. Il voyait l'horloge à l'envers, et elle semblait indiquer cinq heures trois quarts, l'heure de sa mort. Il allait finir là, dans cette cour magnifique, avec son manteau, son chapeau, son sac et son écritoire, comme un brave petit scribe des chemins qu'il aurait dû rester. Il perdait le souffle, ses yeux s'emplirent de lumières clignotantes.

Il entendit alors un hurlement, qu'il crut un instant être le sien. Le poids qui pesait sur lui s'envola, et il se retrouva assis par terre dans la galerie.

Il ne cherchait même pas à comprendre, juste à respirer. Sa gorge ne semblait plus vouloir laisser passer l'air. Le valet tenait le premier chambrier par le devant du surcot et criait que cela suffisait comme ça, qu'il ne deviendrait pas complice d'un nouveau meurtre.

Puis le vert foncé se dégagea violemment du vert clair et s'enfuit dans la galerie. Le vert clair suivit en criant que tout serait découvert, qu'il valait mieux se rendre.

Garin se releva lentement et remonta à son tour la galerie en titubant. Il se sentait incapable de courir.

Il déboucha dans un vaste corridor. Il le connaissait déjà... Oui, c'était le promenoir. Il le traversa sans accorder la moindre attention aux cardinaux qui, muets de stupeur, regardaient de l'autre côté, là où les deux hommes en vert venaient de disparaître.

Garin sortit à son tour et commença péniblement à descendre l'escalier. Le bruit de cavalcade s'atténuait peu à peu. Il tenta d'accélérer le pas.

Il s'arrêta en haut du grand escalier, dans la pâle lumière distillée par la fenêtre de l'Indulgence. Plus aucun bruit. Le silence. Un silence stupéfiant. Toutes les portes étaient ouvertes et là, en bas, sur le palier de la salle des gardes, gisait une tache vert sombre, sur laquelle se penchait une tache vert clair.

Enfin la tache claire bougea et le valet leva lentement les yeux vers Garin qui demeurait sans réaction.

D'abord interloqués, les gardes s'approchèrent. L'un d'eux prononça le mot de « mort », un autre se demanda tout haut ce qui avait pris au premier chambrier de galoper de cette manière dans l'escalier. Garin s'assit sur une marche pour tenter de reprendre ses esprits.

*

– Il était plus âgé que moi, expliqua le valet en gémissant, et je lui devais ma place. Je n'ai pas pu refuser de l'aider. Mais je n'ai rien fait, je vous le jure ! C'est lui qui a tué Gaillard. Moi, je ne voulais pas. Je ne voulais pas. Pour le trésor, je comprenais : ça ne faisait pas de mal, puisque le pape aurait, de toute façon, été obligé de vendre des objets pour payer, mais un meurtre, non !

– Nous ne saisissons guère cette affaire de vol, remarqua le *Quoi ?*.

Le valet s'effondra.

– Je le lui avais dit, souffla-t-il. Je le lui avais dit. Le pouvoir lui montait à la tête. Il outrepassait son rôle, il se prenait trop au sérieux. Sous prétexte de la maladie et de la faiblesse du Saint-Père, il décidait de plus en plus de choses à sa place. Ça partait d'un bon sentiment, malheureusement ça lui a tourné la tête. Petit à petit, il s'est mis à tout régenter, et il a décidé seul de changer les tapisseries, qu'il a commandées à l'insu du Saint-Père. Il voulait lui faire une surprise. Seulement, au moment de les payer, quand il a compris que Sa Sainteté refusait toute dépense inutile, il n'a plus su que faire. C'est alors que la proba a été volée.

– Ah ! Je comprends enfin le rapport entre ces deux affaires. La proba, vous n'avez pas réussi à la revendre...

– Non, vous vous trompez. La proba, ce n'est pas nous qui l'avons volée. C'est juste que sa disparition a donné à Géraud l'idée de cambrioler le trésor. Il a dit au Saint-Père que les tapisseries avaient déjà été payées et, un soir, il a convoqué Gaillard. Il lui a fait soulever les dalles et charger le trésor dans le chariot des tapissiers. Gaillard n'était pas très futé, mais, malgré les mensonges qu'on lui débitait, il se méfiait. Géraud n'a pas voulu prendre le risque qu'il parle.

– Votre cousin n'aurait agi que pour payer les tapissiers avec discrétion, de peur de perdre sa place ? s'ébahit le *Quoi ?*.

– Il n'a rien gardé pour lui. D'ailleurs, voyez, on n'a pas

207

pris les pièces d'or. Il disait qu'elles étaient plus faciles à utiliser par Sa Sainteté pour ses besoins urgents et qu'on ne devait donc pas y toucher. On a laissé aussi les objets pieux, les croix, les crosses, les reliquaires et les statues.

– C'est parce que ça ne peut pas se vendre, asséna le juge.

– Détrompez-vous, soupira le héron. Aux moments difficiles, on a même vu mettre en gage chez les prêteurs la tiare pontificale. Je crois qu'il dit vrai, je me doutais un peu que ce vol n'était pas une simple affaire de brigandage, c'est pourquoi je pensais que le scribe n'y était pour rien.

– On n'a emporté que la vaisselle d'or, poursuivit le valet en pleurant, et on a pris soin de la peser, pour donner juste ce qui correspondait au prix des tapisseries.

– On a bien trouvé une balance dans le trésor, confirma le camérier.

– Mon cousin l'avait empruntée à la bouteillerie. Personne ne s'en est aperçu.

Alors ça, rien d'étonnant, vu le foutoir qu'il y avait là-dedans !

– Je viens de finir le compte de ce qui a été volé, annonça à cet instant une voix que Garin ne connaissait pas. Il y en a exactement pour quatre cent vingt-neuf écus d'or. Combien devait-on pour les tapisseries ?

Exactement quatre cent vingt-neuf écus d'or. Géraud était plus honnête qu'on n'aurait pu le croire, il n'avait effectivement rien gardé pour lui. Et les convoyeurs n'étaient partis qu'avec leur dû.

– Ce scribe, qui travaillait aux livraisons, pourra nous confirmer la somme exacte, répondit le héron.

Garin leva les yeux vers le religieux qui avait posé la

question et resta stupéfait : cet homme, c'était celui du pont !

– Qu'avez-vous, mon jeune ami ? s'inquiéta le camérier. C'est notre trésorier, qui vous fait cet effet ?

· Vous êtes... le trésorier... Celui qui était malade ?

– Je vois, soupira le nouvel arrivant. Encore un qui me confond avec mon frère, le vigilant gardien de notre grand saint Bénezet.

– ... Non non, je perçois la différence, dit Garin en recommençant à respirer. L'autre a de superbes moufles.

– Des moufles ? Mon frère aurait-il enfin accepté d'avoir pitié de son corps ? Qu'est-ce qui a pu le faire changer d'avis ?

– Je pense que c'est saint Bénezet, déclara sagement Garin.

Et, la tête encore bourdonnante, il s'éclipsa.

L'enquête était close et il se sentait à demi mort. Moitié moins que le premier chambrier, évidemment.

N'empêche, la mort dans un escalier d'honneur, c'était plutôt digne pour une côte de Charlemagne. Oui, d'accord saint Garin, ce n'est pas très charitable de plaisanter avec ça, mais ce sale individu a tué Gaillard et a bien failli me tuer aussi !

Garin ressortait sur la cour d'honneur quand il aperçut quelqu'un qui lui faisait signe depuis la porte du palais vieux.

25
Celui qui savait tout

L'homme ressemblait à un petit écureuil affairé. Ah oui ! Le tailleur !

Eh ! Finalement, il avait du jugement : un crapaud comme le *Quoi ?* ronchonne dans son coin, un héron comme le camérier observe, un mulot apothicaire s'affole, mais une côte de Charlemagne agit. Il aurait dû se fier davantage à son sixième sens.

Encore que son sixième sens ne lui avait rien révélé sur l'ellébore. Il aurait pourtant bien voulu savoir si le pape était toujours en danger.

– Votre habit, Garin, il est prêt.

Son habit neuf ! Il l'avait complètement oublié, celui-là.

C'était un surcot vert clair, chatoyant, comme il n'en avait jamais eu de sa vie. Là-dedans, il se sentirait un homme nouveau.

– Suivez-moi, poursuivit le tailleur. nous allons faire le dernier essayage.

Ils passaient sous l'aile des hôtes, quand Garin aperçut dans le cloître le fils du chevaucheur, qui bavardait avec Isnard.

– Galopin, appela-t-il. viens voir mon nouveau costume !

210

Il prit l'habit sur le bras du tailleur et le souleva.

– Qu'il est beau ! s'ébahit le gamin.

Oui, superbe. Du même vert que celui de tous les serviteurs du palais... Et soudain, Garin eut l'impression qu'il allait étouffer là-dedans. D'ailleurs, dans sa tête, il n'était plus là, il était déjà sur la route.

– Il est pour toi, annonça-t-il. Pour quand tu iras aider le Saint-Père. (Il se tourna vers le tailleur.) Vous pouvez facilement le mettre à sa taille, non ?

– Ma foi... dit le tailleur surpris. Vous n'en voulez plus ?

– Je suis obligé de partir. C'est mon cadeau d'adieu.

Il fit un clin d'œil plein de gaieté à Galopin. Il ne le laissait pas seul dans un milieu hostile, tout allait bien. Le gamin avait un besoin viscéral de faire sa place au palais, lui avait un besoin viscéral de voir le monde.

Il releva la tête et c'est alors que son regard tomba sur Isnard. Eh ! Une de ses phrases lui revenait soudain...

Il s'approcha du scribe – qui réceptionnait des paniers d'amandes – et le prit par l'épaule, assez doucement pour que ça passe pour un geste amical, assez fermement pour le retenir.

– Dis-moi, Isnard, une chose m'intrigue : comment as-tu reconnu que les langues de serpent étaient de la corne de licorne et des pierres de foudre ? Tu en avais déjà vu ?

– Oui. Avant d'être scribe à la trésorerie, je travaillais chez l'apothi...

– Chez l'apothicaire, hein ? C'est lui qui conserve ce genre de produits. Il conservait aussi l'ellébore. Tu n'aurais pas, par hasard...

– Tu es fou ? s'exclama Isnard en regardant autour de lui avec effroi.

Fou ? Pas tant que ça, vu l'anxiété de l'accusé. Le goûteur avait dit à propos du vol de l'ellébore : « C'est un de ceux qui ont été renvoyés ». Seulement, ça pouvait parfaitement être *le serviteur* d'un de ceux qui étaient renvoyés. Par exemple le plus apte à réaliser le vol, celui qui connaissait bien l'apothicairerie pour y avoir travaillé. Il resserra les doigts sur le surcot du scribe. Le jeune homme était livide ; il bredouilla :

– Je n'en ai rien fait, je te le jure. Quand j'ai su que certains voulaient l'utiliser réellement, j'ai refusé de le donner.

– Tu l'as toujours ? demanda Garin avec suspicion.

– Je l'ai jeté. Le jour où... où je t'ai rencontré.

Garin relâcha lentement son étreinte.

– Je vois, dit-il enfin avec un fin sourire. Tu l'as jeté dans les latrines, non ? Je me souviens qu'en me voyant, tu as sursauté. J'ai cru que c'était parce que j'étais nouveau mais, ensuite, tu t'es mis à me parler très vite et très fort. Or ce ton ne t'est pas habituel, je le sais maintenant. C'était par peur que je t'entende ouvrir le sachet et le secouer pour en faire tomber le contenu ?

Isnard hocha vivement la tête.

– Je n'ai rien fait de mal, chuchota-t-il enfin. Jamais je n'aurais empoisonné qui que ce soit. D'ailleurs, si le pape est toujours en vie, c'est grâce à moi. Parce que j'ai jeté l'ellébore ; et même avant que l'apothicaire ne s'aperçoive de sa disparition. J'ai une bonne place, ici, tu ne me dénonceras pas, hein ?

Garin soupira. À quoi bon ? À cette heure, l'ellébore voguait gaiement sur la mer.

Crédiou, le pape, il fallait le rassurer !

Oui, mais comment, sans dénoncer les deux pauvres idiots de complices ?

Garin haussa les épaules. Après tout, pendant quelque temps encore, Innocent modérerait son appétit et surveillerait attentivement sa nourriture. Ça ne pourrait qu'être bénéfique à sa goutte.

Il n'était pas cinq heures quand Garin finit ses adieux. La nuit serait bientôt là mais tant pis, maintenant qu'il avait décidé de partir, il ne pouvait passer une seconde de plus ici. Le grand air lui manquait.

Chauliac lui avait donné des herbes qui le protégeraient des rhumes, le pape l'avait affectueusement béni, le trésorier lui avait compté un petit lot de deniers, que demander de plus ? Comme il l'avait promis au héron, il n'avait rien révélé à Innocent de ce qui s'était tramé dans son palais. Un autre chambrier avait remplacé Géraud « mort d'une mauvaise chute » (ce qui était rigoureusement exact), et Galopin, qui était devenu la coqueluche du palais, évoluait avec bonheur entre les écuries et la chambre du pape. Finalement, il n'avait pas mal travaillé. Le religieux du pont portait des moufles, Isnard s'était trouvé un bon emploi, Matteo avait récupéré tous ses œufs, Jean de Louvres promettait d'étudier un petit pont qui épargnerait au pape ces pénibles escaliers...

Pénibles, c'était vite dit. Ces escaliers avaient joué un grand rôle dans cette histoire : ils lui avaient livré le goûteur et le premier chambrier. Comme quoi, des marches, dans un palais, étaient fort utiles.

Et dire que le pape ne saurait jamais que c'était lui qui avait résolu l'affaire du trésor ! Sans parler de celle de la proba et de l'ellébore, qui gardaient ici tout leur mystère. C'était quand même dommage pour son auréole non ?

Bah... les auréoles ne servaient à rien sur la route, qu'à se prendre dans les branches.

Ce fut donc avec une grande sérénité que Garin récupéra son écritoire dans le coin de la chambre du pape. Il se penchait pour la ramasser, quand il entendit :

– Trooopr... sentirez...

Ainsi, Géraud n'était pas tout à fait mort, il vivait encore dans la voix de l'oiseau. D'ailleurs, ce n'était pas la première fois que le perroquet prononçait ces mots.

– Qu'est-ce que tu veux dire par là ? demanda Garin.

Le perroquet se dandina sur son perchoir sans répondre. Intrigué, Garin fit tourner la phrase dans sa tête.

Eh ! Voilà qu'il comprenait les mots différemment :

Trooopr... sentirez... Trooo pour sentirez. Trooo pour s'en tirer. Trop haut pour s'en tirer !

Qu'est-ce qui était trop haut pour qu'on s'en tire ? Les terrasses ? Géraud avait-il rassuré son cousin par ces mots ? Sûr que, une fois tombé de là-haut, Gaillard ne pourrait plus rien raconter.

Garin considéra le perroquet avec stupéfaction.

– Dis donc, toi, tu savais déjà tout, hein ?

– Hein... Bonjour, Très Saint-Père...

Garin secoua la tête en riant.

– Très Saint-Père... tu me flattes. Un jour peut-être...

Non, tout bien considéré, il n'avait pas envie de devenir pape. Fort heureusement, personne ne le lui proposerait jamais.

– Allez, je m'en vais. Sache que j'ai eu bien du plaisir à te connaître.

Il ouvrit la porte et, se retournant une dernière fois, lança :

– Salut, l'emplumé !

Et il sortit.

Le perroquet le regarda, de son œil rond et attentif, re fermer la porte, puis il se rassit sur son perchoir et grinça :

– Crééédiou !

EVELYNE BRISOU-PELLEN
L'AUTEUR

OÙ ÊTES-VOUS NÉE ?
E. B.-P. Par le plus grand des hasards, je suis née au camp militaire de Coëtquidan, en Bretagne. Ensuite, j'ai vécu au Maroc, puis à Rennes, puis à Vannes.

OÙ VIVEZ-VOUS AUJOURD'HUI ?
E. B.-P. Je suis revenue à Rennes faire mes études à l'université, je m'y suis mariée et j'y suis restée.

ÉCRIVEZ-VOUS CHAQUE JOUR ?
E. B.-P. Non. Il y a de longues périodes pendant lesquelles je n'écris pas. En revanche, à partir du moment où j'ai commencé un roman, je m'y attelle chaque jour, de manière à bien rester dans l'ambiance.

ÊTES-VOUS UN AUTEUR À TEMPS COMPLET ?
E. B.-P. Oui. Mais le travail d'écrivain que je croyais être de solitude et de silence s'est révélé plus complexe : on me demande souvent d'aller dans les classes répondre aux questions de mes lecteurs, et là, point de silence ni de solitude.

Evelyne Brisou-Pellen a publié dans la collection FOLIO JUNIOR : *Le défi des druides, Le fantôme de maître Guillemin, Le mystère Eléonor, Les Disparus de la malle-poste* et Les aventures de Garin TrousseBœuf : 1. *L'inconnu du donjon* - 2. *L'hiver des loups* - 3. *L'Herbe du diable* - 4. *Le Chevalier de Haute-Terre* - 5. *Le Crâne percé d'un trou* - 6. *Les Pèlerins maudits* - 7. *Les Sorciers de la ville close.*

NICOLAS WINTZ
L'ILLUSTRATEUR

Nicolas Wintz est né en 1959 à Strasbourg. Il illustre depuis 1981 des livres documentaires, historiques ou de fiction. Il a réalisé plusieurs albums de B.D. et travaillé pour le dessin animé et la presse.

Aux éditions Gallimard Jeunesse, il a déjà illustré toute la série des aventures de Garin Troussebœuf, d'Evelyne Brisou-Pellen, dans la collection Folio junior.

LE DÉFI DES DRUIDES
n° 718

Sencha, l'apprenti druide, revient en Armorique après une longue initiation dans l'île de Bretagne. Mais la fatalité s'est abattue sur le peuple celte, envahi par les troupes de Jules César. Pour venger les siens, pour sauvegarder le pouvoir des druides, Sencha décide de lutter contre l'envahisseur romain. Le torque d'or qu'il porte autour du cou, précieux talisman et symbole de l'ancienneté de son clan, lui apportera-t-il la force nécessaire à l'accomplissement de sa mission ?

LE FANTÔME DE MAÎTRE GUILLEMIN
n° 770

Pour Martin, l'année 1481 va être une année terrible. Il n'a que douze ans et vient d'arriver à l'université de Nantes. Au collège Saint-Jean où il est hébergé règne une atmosphère étrange. On raconte que le mystérieux fantôme de maître Guillemin hante les lieux. Certains étudiants ne sont pas tendres avec lui. Un soir, il est même jeté dans l'escalier par deux d'entre eux. Mais le lendemain, on retrouve l'un de ses étudiants assassiné...

LE MYSTÈRE ÉLÉONOR
n° 962

N'ayant plus aucune famille, Catherine décide de revenir à Rennes dans son ancienne maison. Un terrible incendie embrase la ville. Cernée par les flammes, blessée, elle perd connaissance… Éléonor se réveille dans un monde inconnu. On lui affirme qu'elle a dix-sept ans, qu'on est en 1721, et qu'elle a fait une chute de cheval. Elle ne se souvient de rien. Aurait-elle perdu la raison ? Qui est ce mystérieux tuteur, dont les visites l'effraient tellement ?

LES AVENTURES DE GARIN TROUSSEBŒUF

L'INCONNU DU DONJON
n° 809

Les routes sont peu sûres en cette année 1354, et voilà Garin pris dans une bagarre entre Français et Anglais, et enfermé au château de Montmuran. Il y a avec lui un drôle de prisonnier, un homme dont personne ne connaît le nom. Garin découvre son identité. Hélas, cela ne va lui causer que des ennuis… surtout lorsqu'on s'aperçoit que le prisonnier s'est mystérieusement volatilisé.

L'HIVER DES LOUPS
n° 877

Poursuivi par les loups qui pullulent en cet hiver très rigoureux, Garin trouve refuge dans une maison isolée où vit Jordane, seule avec ses deux petites sœurs. Qui est-elle ? Garin se rend compte que les villageois en ont peur, presque autant que des loups qui les encerclent. Mais il découvre bientôt que, dans ce village retiré de

Bretagne, bien des gens ont intérêt à voir la jeune fille disparaître. Malgré les conseils de prudence, il prend pension dans la maison solitaire. Il ne peut pas savoir, que du haut de la colline, des yeux épient...

LE CHEVALIER DE HAUTE-TERRE
n° 1137

Garin a été engagé par le chevalier de Haute-Terre pour rédiger ses chroniques. Il est alors entraîné dans des aventures incroyables : il manque de se faire piétiner par des cochons à Rennes, percer de flèches à Rochefort, assassiner à Suscinio. Suivre un chevalier n'est pas de tout repos, d'autant que l'homme est à moitié fou. Mais Garin peut-il l'abandonner ? Le jeune scribe a promis de l'aider à retrouver son fils, retenu prisonnier...

LE CRÂNE PERCÉ D'UN TROU
n° 929

La bourse vide, Garin se rend au Mont-Saint-Michel. Le lendemain de son arrivée, une relique, le précieux crâne de saint Aubert, est volée. Le monastère est sens dessus dessous... Sans compter que frère Robert n'est jamais là où il faut et qu'il a égaré des documents qui vont se révéler fort importants. Le vieux moine disparaît et, quand on le retrouve, stupeur ! Est-il possible que le crâne de saint Aubert se soit vengé de si terrible façon ?

LES PÈLERINS MAUDITS
n° 1003

Entre Tours et Poitiers, Garin, le jeune scribe est attaqué par des brigands et ne leur échappe que grâce à son imagination. Aussi, lorsqu'il croise un groupe de pèlerins en route pour Saint-Jacques-de-Compostelle, il se joint à eux sans hésiter. Pourtant, l'un d'eux vient de mourir dans d'étranges circonstances. Et le lendemain, un autre est trouvé mort avec, planté dans le cœur, le poinçon de Garin. Pourquoi ces mises en scène ? Et qui sera la prochaine victime ?

LES SORCIERS DE LA VILLE CLOSE
n° 1075

Derrière les remparts de la ville close, une étrange maladie fait des ravages. Dans la boutique de l'apothicaire, il se passe des choses bizarres. Riwal ment, Nicole ne se contente pas de laver le linge, Hervé fait de drôles de mélanges, le passeur envoie des billets inquiétants… tandis que la mort continue à frapper. Et s'il ne s'agissait pas d'une épidémie ordinaire ?

Maquette : Karine Benoît

Loi n°49-956 du 16 juillet 1949
sur les publications destinées à la jeunesse
ISBN : 978-2-07-063031-8
N° d'édition : 171869
N° d'impression : 98611
Dépôt légal : février 2010
Imprimé en France par CPI – Firmin Didot